insel taschenbuch 4938

Warten auf Weihnachten

Bald ist Weihnachten! Am Adventskranz brennt das erste Lichtlein, der Duft von gebrannten Mandeln und frischgebackenen Plätzchen erfüllt die Luft, Straßen und Häuser sind festlich geschmückt. Voller Vorfreude und Spannung werden die Festtage erwartet …

Vom Zauber dieser Zeit und ganz besonderen Weihnachtserlebnissen erzählen Erich Kästner, Hermann Hesse, Wilhelm Schmid, Axel Hacke, Hanns-Josef Ortheil, Uwe Tellkamp, Lisa St Aubin de Terán, Claire Beyer, Ulrike Draesner, Tanja Dückers, Elke Heidenreich u. v. a.

# *Warten auf Weihnachten*

Die schönsten Geschichten

Ausgewählt von Gesine Dammel

Insel Verlag

Klimaneutral
Druckprodukt
ClimatePartner.com/14438-2110-1001

Erste Auflage 2022
insel taschenbuch 4938
Originalausgabe

Quellenverzeichnis am Schluss des Bandes
Umschlaggestaltung: zero-media.net, München
Satz: Satz-Offizin Hümmer GmbH, Waldbüttelbrunn
Druck: CPI books GmbH, Leck
Printed in Germany
ISBN 978-3-458-68238-7

www.insel-verlag.de

INHALT

## Zauber dieser Zeit



## Warten aufs Christkind



## Ein unvergessliches Fest

Weihnachten in der Ferne

# *Zauber dieser Zeit*

WILHELM SCHMID

## *Zauber dieser Zeit*

Die Orange, die ich schäle, verbreitet einen solchen Duft, daß die Kinder herbeieilen und begeistert »Weihnachten« rufen. Weihnachten ist jetzt noch nicht, aber eine ganze Abfolge von vertrauten Szenen, Gewohnheiten, Ritualen nimmt ihren Lauf. Dem will ich mich nun anvertrauen, will mich zurücklehnen und tief durchatmen. Das Jahr ist mehr oder weniger gelaufen, und wie auch immer es gelaufen ist, es läßt sich ohnehin nicht mehr viel daran ändern.

Nicht das Geschäftige, Öffentliche ist weiterhin vordringlich. Der Rückzug ins Private ist vielmehr erlaubt, legitimiert und respektiert. Mögen andere sich jetzt erst recht dem ultimativen Streß der Weihnachtsbesorgungen ausgesetzt fühlen: Für mich ist dies die Zeit für mich selbst, für die Familie, die Freunde. Ein wenig Frieden kehrt in die gehetzte Seele ein, der Zauber dieser Zeit entfaltet sich: die gelblichen Lichter, die in der früh einbrechenden Dunkelheit so heimelig erscheinen. Die Bedürftigkeit nach Wärme, die die Nähe zu anderen suchen läßt. Eine andere Art von Zeit kommt wieder zur Wirkung: gegenüber der linearen, rasend schnell vergehenden modernen Zeit die zyklische, zuverlässig wiederkehrende Zeit der Nicht-Moderne. Die Vorweihnachtszeit mit ihren tradierten Formen und Ritualen und ihrer Besinnlichkeit gewährt Erholung von der Anstrengung, die es bedeutet, modern zu sein.

Diese Zeit der Heimeligkeit kontrastiert mit der Unheimlichkeit der Welt, die vielen sonst so oft zu schaffen macht. Ist es verwunderlich, daß diese Zeit Träume vom ewigen Frieden reifen läßt? Könnte die Welt nicht immer so sein wie jetzt, da sogar der Himmel sich öffnet und mit dicken weißen Flocken alle Welt sanft überdeckt? Unendlich friedlich nimmt sich alles aus in dieser weißen Pracht, in der die Lichter glimmen; die Stimmen sind wattiert, die Laute gedämpft, alle Fortbewegung wird gemächlich, der durchfrorene Spaziergänger sucht die gute Stube auf, um sich am Glühwein zu wärmen.

Und doch – was wäre, wenn die Welt dauerhaft so wäre? Werde ich nicht selbst nervös, wenn diese Zeit zu lange dauert? Zum Zauber dieser Zeit gehört daher ihre Begrenztheit, die sie so wertvoll macht. Die entscheidende Herausforderung ist, sie auch wieder gehen lassen zu können ohne Bedauern. Ganz gemäß der alten Weisheit: »Ein jegliches hat seine Zeit ...«

ALFRED POLGAR

## *Vor Weihnachten*

Nun kommt bald Weihnachten. Man merkt das schon an Verschiedenem. Auf den Straßen liegen, in Haufen, geschlachtete Nadelbäume; getrocknetes Harz-Blut klebt an ihrer Rinde. Aus den Schaufenstern der Kunsthandlungen verschwinden die unzüchtigen Darstellungen, und die »Mitternachtsmette im Gebirge« erscheint. Zwei zu zwei stapfen Bauern durch dicken Schnee dem Kirchlein zu, das Gebetbuch in schwieliger Faust. Der Weg, den sie schon gegangen sind, trägt die Spuren ihrer breiten Stiefelsohlen, aus dem Kirchenfenster fällt buttergelb ein Lichtstreifen über den beschneiten Pfad. Neben diesem, den Großstädter so ergreifenden Gemälde hängen mancherlei Spezial-Weihnachten. Weihnachten des Leuchtturmwächters. Bahnwärters Christnacht. Kommerzienrats Tannenbäumchen. Weihnachten des Eremiten. Auf allen diesen Bildern tritt die Einsamkeitskomponente stark hervor. Es ist ja auch zur Weihnachtszeit, in der ein unruhvolles Bedürfnis nach Wärme und Anlehnung die Gefühle lockert und der Schmelzpunkt, an dem sie in den Zustand der Liebe übergehen, tiefer liegt als selbst im Mai, es ist ja auch zur Weihnachtszeit besonders bitter, allein zu sein. Meine arme Freundin Elfriede, längst deckt Erde ihr zierliches Gebein, hielt auch sehr viel auf weihnachtlichen Zusammenschluß und wollte das liebe Zeremoniell des Festtages nicht missen. Dennoch geschah es am Abend eines vierundzwanzigsten Dezembers, daß sie keine andere Gesellschaft hatte als ihre beiden Hunde, die treue Dackelhündin Grete und den lebhaften Fox Rolph. Sie warteten in einem Nebenraum auf Einlaß in das Zimmer, wo das flimmernde Bäumchen stand und der Tisch mit den Gaben, zwei tannenzweiggeschmückten Knackwürsten. Elfriede setzte sich ans Klavier, Rolph und Grete auf die Hinterpfoten, und erst nach drei Strophen »Stille Nacht, heilige Nacht« durften sie zu den Würsten. Elfriede war aus Düsseldorf.

Eine Stimmgabel ist angeschlagen, eine Stimmungsgabel. Und die große Mehrheit weißer Menschen schraubt ihr Herz auf die gleiche Tonhöhe.

Die Kinderchen schreiben auf vierzeilig liniertem Papier Briefe an das Christkind, an das sie nicht mehr glauben, und beschließen die Schrift mit einem Tintenklecks wie mit einem Siegel holder Einfalt. Sie hegen die nicht unbegründete Befürchtung, »praktische Sachen« geschenkt zu bekommen, die man ihnen ohnehin kaufen müßte. Einige, von Neugier geplagt, stecken sich hinter die etwa vorhandene Hausgehilfin. Ist die Hausgehilfin hübsch, kann solches Verstecken hinter sie für das künftige Leben der Kleinen von großer Bedeutung sein. Sind sie doch im glücklichen Alter, in dem die Grundlagen der Komplexe gelegt werden, der seelischen Vexierbauten, die dann später einmal der Analyse so viel Anregung und Freude bereiten.

Indes also die Kleinchen von der Frage erregt sind: Was bekomme ich geschenkt?, sinnen die Erwachsenen der Frage nach: Was schenke ich? Oder eigentlich der Frage: Wo nehme ich das Geld her für Geschenke? Welch ein Friede wäre Weihnachten auf Erden und den Menschen ein Wohlgefallen, wenn zumindest die Erwachsenen gegenseitig sich das Schenken schenken wollten! Und einen Pakt schlössen, daß jeder nach seinen Möglichkeiten sich kaufe, was ihn freue, und hierfür die Gesamtheit seiner Freunde – gefühls-kommerziell gesprochen – »erkenne«. Allerdings: Geben ist seliger denn nehmen, sagt die christliche Lehre, dieser größte auf dem Gebiet irdischer Glücksspekulation je gewagte Vorstoß der Kontermine.

Nun kommt bald Weihnachten, und ein Golfstrom der Menschenliebe sendet warme Schauer über das frierende Land. Sogar die Presse kann sich dem innigen Gebot dieser Tage nicht entziehen. Sie rüstet die »Weihnachtsbeilage«, das Weihnachts-Beilager für Literatur und Wissenschaft. In der Redaktion duftet es, zumindest metaphorisch, nach Fichtennadeln, Äpfeln, Wachskerzen und leuchtenden Kinderaugen, deren in diesen Tagen eine große Menge für die journalistische Arbeit verbraucht wird. Auch blasse, verhärmte Wangen sind in der kapitalistischen Presse zur Weihnachtszeit lebhaft gefragt. Am Luster aber hängt stumpfgrün das Gewirr der Mistelzweige, und wer unter ihnen den Chefredakteur trifft, darf ihn küssen.

Weihnachten ist das Fest der Überraschungen. Verloren geglaubte Söhne wählen gern den Weihnachtsabend, um plötzlich einzutreten, und ebenso richten es die Mitglieder des Vereins »Enoch Arden«, die verloren geglaubten Ehemänner, womöglich so ein, daß sie am Heiligen Abend ihre Frauen überraschen, wobei auch sie ihre Überraschungen erleben.

Übel dran zu Weihnachten sind die Menschenfeinde. An den Dämmen, die ihr Haß aufgerichtet hat, bricht sich das Meer von Liebe, das in diesen Tagen alle Küsten bespült, wo Christenmenschen und ihnen Assimilierte wohnen. Düster sitzen sie da in ihrer düsteren Isoliertheit und giften sich. Sind nicht auch sie unsere Brüder? Wie verhilft man ihnen zu einem relativ gemütlichen Weihnachtsabend? Tun wir was für sie! Menschenfeinden Freude zu machen, kann doch nicht schwer sein. Lassen wir sie hineinblicken in die Not der Glücklichen! In den Krieg des häuslichen Friedens! In die Langeweile der guten Ehe! In die Ehrgeizqual der Begabten! In die marternde Furcht der Angekommenen vor denen, die nachdrängen! In die klägliche Unfreude des Reichtums! In die trostlose innere Einsamkeit der Geselligen!

Festesahnung überall. Auch die Stimme der Natur, der treue Grundbaß zu all unseren Melodien, hat bereits ein unverkennbar weihnachtliches Timbre. Die Luft weht dämmergrau, als wolle sie helfen, die Geheimnisse, die alle Guten jetzt voreinander haben, zu verschleiern. Schnee ist auf die nahen Berge gefallen und bleibt dort in strahlender Reine liegen, aus Pferdemäulern dampft es wolkig, Weihrauch dem Winter, zwischen gefrorenen Ackerschollen beut das muntere Häschen sein Fell dem Rohr, und mit frohem Geschnatter kündet es die Gans, wie üppig schon ihre Leber den hohen Feiertagen entgegenschwillt.

## WALTER BENJAMIN
## *Ein Weihnachtsengel*

Mit den Tannenbäumen begann es. Eines Morgens, als wir zur Schule gingen, hafteten an den Straßenecken die grünen Siegel, die die Stadt wie ein großes Weihnachtspaket an hundert Ecken und Kanten zu sichern schienen. Dann barst sie eines schönen Tages dennoch, und Spielzeug, Nüsse, Stroh und Baumschmuck quollen aus ihrem Innern: der Weihnachtsmarkt. Mit ihnen aber quoll noch etwas anderes hervor: die Armut. Wie nämlich Äpfel und Nüsse mit ein wenig Schaumgold neben dem Marzipan sich auf dem Weihnachtsteller zeigen durften, so auch die armen Leute mit Lametta und bunten Kerzen in den besseren Vierteln. Die Reichen aber schickten ihre Kinder vor, um denen der Armen wollene Schäfchen abzukaufen oder Almosen auszuteilen, die sie selbst vor Scham nicht über ihre Hände brachten. Inzwischen stand bereits auf der Veranda der Baum, den meine Mutter insgeheim gekauft und über die Hintertreppe in die Wohnung hatte bringen lassen. Und wunderbarer als alles, was das Kerzenlicht ihm gab, war, wie das nahe Fest in seine Zweige mit jedem Tage dichter sich verspann. In den Höfen begannen die Leierkasten, die letzte Frist mit Chorälen zu dehnen. Endlich war sie dennoch verstrichen und einer jener Tage wieder da, an deren frühesten ich mich hier erinnere.

In meinem Zimmer wartete ich, bis es sechs werden wollte. Kein Fest des späteren Lebens kennt diese Stunde, die wie ein Pfeil im Herzen des Tages zittert. Es war schon dunkel; trotzdem entzündete ich nicht die Lampe, um den Blick nicht von den Fenstern überm Hof zu wenden, hinter denen nun die ersten Kerzen zu sehen waren. Es war von allen Augenblicken, die das Dasein des Weihnachtsbaumes hat, der bänglichste, in dem er Nadeln und Geäst dem Dunkel opfert, um nichts zu sein als nur ein unnahbares und doch nahes Sternbild im trüben Fenster einer Hinterwohnung. Doch wie ein solches Sternbild hin und wieder eins der verlassenen Fenster begnadete, indessen viele weiter dunkel blieben und andere noch trauriger im Gaslicht der früheren Abende verkümmerten, schien mir, daß diese weihnachtlichen Fenster die Einsamkeit, das Alter und das Darben – all das, wovon die armen Leute schwiegen – in sich faßten.

Dann fiel mir wieder die Bescherung ein, die meine Eltern eben rüsteten. Kaum aber hatte ich so schweren Herzens, wie nur die Nähe eines sichern Glücks es macht, mich von dem Fenster abgewandt, so spürte ich eine fremde Gegenwart im Raum. Es war nichts als ein Wind, so daß die Worte, die sich auf meinen Lippen bildeten, wie Falten waren, die ein träges Segel plötzlich vor einer frischen Brise wirft: »Alle Jahre wieder, kommt das Christuskind, auf die Erde nieder, wo wir Menschen sind« – mit diesen Worten hatte sich der Engel, der in ihnen begonnen hatte, sich zu bilden, auch verflüchtigt. Doch nicht mehr lange blieb ich im leeren Zimmer. Man rief mich in das gegenüberliegende, in dem der Baum nun in die Glorie eingegangen war, welche ihn mir entfremdete, bis er, des Untersatzes beraubt, im Schnee verschüttet oder im Regen glänzend, das Fest da endete, wo es ein Leierkasten begonnen hatte.

SIEGFRIED KRACAUER

## *Weihnachtlicher Budenzauber*

Wo sich sonst glatte Straßen und Plätze hinziehen, tauchen vor Weihnachten wunderbare Jahrmarktsstädte auf, die aus Rollwagen, Buden und Tischen bestehen. Sie sind von Tannenwäldern eingebettet, deren entwurzelte Stämme den Ausblick auf die Asphaltflächen verdecken, und lassen den gemeinen Alltag nicht durch. Die Schaufenster weichen in den Hintergrund zurück, die Straßenbahnen rauschen jenseits der Tannen, die selber nicht rauschen können. Eine unübersehbare Menschenmenge – Bazare und Fußgänger gehören zusammen – kommt aus dem grünen Dickicht hervor, bildet Knäuel, die zergehen, wälzt sich weiter und entschwindet wieder im Dickicht. Es ist, als sei das Gewimmel ein notwendiger Bestandteil der hölzernen Stadt.

Feilgeboten werden in ihr Dinge, die für gewöhnlich keine feste Unterkunft haben; es sei denn im Halbdunkel von Passagen. Unnützer Krimskrams, der nicht zu ernster Beschäftigung, sondern allenfalls zum Zeitvertreib taugt. Hier in der Budenstadt wagt sich das Gelichter vollständig an den Tag. Es kriecht aus Ritzen und Schlupfwinkeln hervor und freut sich des Passierscheins, den man ihm in Erwartung der Feiertage gegeben hat. Solange sie dauern, währt seine Herrschaft. Ist doch diese Zeit die der kleinen Dämonen, die sich das ganze Jahr über nicht austoben dürfen. Jetzt endlich werden sie freigelassen, um ihre Saturnalien zu begehen. Kaum sind sie ausgeschwärmt, so tritt an die Stelle unserer Welt eine andre.

Eine primitive Vorwelt, die so zusammengeschrumpft ist, daß sie, die einst aus Höhlentiefen bis zu den Sternen reichte, heute bequem in Zimmerecken Platz findet. Erwachsene gelten in ihr nicht mehr als die Kinder. Sie nehmen Angstträume in die Hand, spielen mit überwundenen Göttern und belustigen sich über die Miniaturverkörperungen elementarer Gewalten.

Den Sinnen, die ihre Lust büßen wollen, bietet sich eine ganze wilde Jagd von Gegenständen an. »Alles regt sich, alles bewegt sich«, schreien die Händler. In der Tat regen und bewegen sich diese Nachbilder des großen Natur- und Geisterplunders nach unserem Gefallen. Die Katze lupft ein Bein, der Esel streckt Zunge und Schwanz heraus, und die graue Maus, der »Schrecken der Damenwelt«, huscht pfeilgeschwind über den Boden. Es muß schön sein, wenn die Damen quietschen und sich hinterher alles in Wohlgefallen auflöst. Auch die Babys werden noch halb zum Tierreich gerechnet und wie aus Spaß zur immerwährenden Wiederholung der ihnen eigentümlichen Tätigkeiten genötigt. Das mechanische Krabbeln, Strampeln und Grimassieren wäre zum Fürchten, brächen sie nicht glücklicherweise eines Tages den Bann. Ihrem winzigen Maßstab sind viele Gebilde angepaßt, deren Originale sich manchmal wie besessen gebärden. Wahrscheinlich ist es nicht jedermanns Sache, sich einer Luftschaukel anzuvertrauen. Wenn aber die Schaukel auf einem Rollwägelchen sitzt, das nur gezogen zu werden braucht, damit sie sich zu drehen beginnt, bleiben sogar die zierlichen Figürchen bei Besinnung, die in ihren Kabinen durch die Luft sausen müssen. Nicht minder harmlos ist die Bergfahrt zu einem Gipfel, dessen schwindelerregende Höhe von der eines Fingers übertroffen wird, oder die Veranstaltung eines Pferderennens, das auf einer Tellerfläche gelaufen werden kann. Man zieht die Schraube an und gebietet über Kräfte, die kaum zu bändigen sind und oft Katastrophen entfesseln. Ja, die Erdkugel selber ist uns in Gestalt eines als Globus ausgebildeten Kreisels unterworfen. Ein Griff genügt, um sie so rasch rotieren zu lassen, daß sämtliche astronomische Gesetze in Verwirrung geraten. Während sie auf der Schnur tanzt, werden ihre fünf Weltteile vom Kerzenlicht eines blechernen Leuchtturms beschienen. Dazu ertönt das künstliche Gegacker einer nicht vorhandenen Henne und eine sanfte Flötenmusik, die mit Hilfe eines Metallstücks kinderleicht zu bewerkstelligen ist.

»Alles regt sich, alles bewegt sich.« An die Oberfläche dringt auch ein Zeug, von dem wir nur mittelbar etwas wissen. Es trägt keinen Namen, fegt durch die Stuben und überfällt uns gern hinterrücks. Nachts wird es lebendig, ohne sich je zu zeigen, und im hellen Tag verstört es die Dinge, so daß sie bösen Schabernack treiben. Dadurch, daß diese Unwesen in den Buden sichtbare Formen annehmen, verlieren sie sofort die Macht, die sie über uns haben. Sie enthüllen sich zum Beispiel als Puppengeschöpfe aus Holz, Draht und Stoffresten, die unserer Laune so sehr zu Willen sind, daß sie auf den leisesten Druck hin durch den Hohlraum der Feiertagszeit hüpfen. Besonders kurios ist der Irrwisch ausgefallen, zu dem sich das verborgene Gesindel verdichtet. Weder hat er eine Spur von Menschenähnlichkeit, noch auch gleicht er sonst einer bekannten Kreatur. Seine Gliedmaßen sind Garnspulen und -rollen, und das ganze Gestell wird von einem Seidenstern gekrönt. Wehe, wenn ihn einer abwickelte. Dann verschwände die drollige Schrecklichkeit, und das Fadenmännchen wirkte zu unserem Verderben wieder hinter den Kulissen.

Mitten unter diesen müßigen Artikeln machen sich Seifen, Krawatten, Parfümerien, Schals und andere handfeste Waren breit, die sich über ihre nichtsnutzige Nachbarschaft erhaben dünken. Sie liegen in Koffern zur Schau, die so billig sind wie sie selber, und fordern seriöse Beachtung. Aber wenn sie auch noch so wichtig tun, gehören sie darum doch nicht minder zur Bagage ringsum. Man hat sie aus den Geschäften vertrieben, und nun führen sie in der Budenstadt dieselbe Vagabundenexistenz wie das übrige Gelichter und die Verkäufer an Ständen und Tischen. Der Spuk aus Erdspalten und Möbeln verträgt sich ohne Schwierigkeit mit den Ausschußprodukten der Gesellschaft. Nicht umsonst drohen die Gesichter mancher Arbeitslosen, die hier für einige Tage einen Verdienst gefunden haben, ganz zu vergehen und dem Fadenmännchen zu folgen. Hinter einem Tannenwaldbündel sitzt ein Bettler, der sich ausdrücklich als einen »Zivilblinden« bezeichnet. Er bringt auf seinem Harmonium Melodien hervor, die das Hennengegacker und die Flötenimitation übertönen. Sie werden erst dann lustig klingen, wenn alle diese lebensgroßen Elendsfiguren klein geworden sind wie die springenden Püppchen, mit denen wir spielen.

HERMANN HESSE

## *Schaufenster vor Weihnachten*

Weihnachten ist eine Angelegenheit, von der ich eigentlich nicht gerne spreche. Einerseits weckt das schöne Wort so tiefe, heilige Erinnerungen aus dem Sagenbrunnen der Kindheit, flimmert so magisch im Schein jener blonden Lebensmorgenfrühe und ist so durchstrahlt von unzerstörbar heiligen Symbolen: Krippe, Stern, Heilandkind, Anbetung der Hirten und Könige und Weise aus dem Morgenland! Und anderseits ist »Weihnacht« ein Inbegriff, ein Giftmagazin aller bürgerlichen Sentimentalitäten und Verlogenheiten, Anlaß wilder Orgien für Industrie und Handel, großer Glanzartikel der Warenhäuser, riecht nach lackiertem Blech, nach Tannennadeln und Grammophon, nach übermüdeten, heimlich fluchenden Austrägern und Postboten, nach verlegener Feierlichkeit in Bürgerzimmern unterm aufgeputzten Baum, nach Zeitungsextrabeilagen und Annoncenbetrieb, kurz, nach tausend Dingen, die mir alle bitter verhaßt und zuwider sind, und die mir alle viel gleichgültiger und lächerlicher vorkämen, wenn sie nicht den Namen des Heilands und die Erinnerungen unserer zartesten Jahre so furchtbar mißbrauchten.

Nun, sprechen wir also nicht von Weihnachten – es kämen dabei ja doch lauter Verlegenheiten heraus, zum Beispiel, daß ich noch immer keine Ahnung habe, was ich meiner Freundin schenken soll, und ob zwanzig Mark für die Köchin richtig ist –, ach und wenn ich doch den Freund S. daran hindern könnte, mir wieder ein so kostbares und dabei so jämmerlich unnützes Geschenk zu machen wie im letzten Jahr! Oder, falls es sich nicht ganz vermeiden läßt, an die Weihnacht zu denken, so laßt mich an jene wirkliche und echte Weihnachtsvorfreude denken, die ich auch heute noch, als enttäuschter und einsamer Mensch, zu empfinden vermag: an die Freude beim Herstellen jener Weihnachtsgeschenke, die ich auch heute noch, wie einst in den Knabenzeiten, für einige meiner Freunde mit eigener Hand herzustellen gewohnt bin, kleine Hefte mit neuen, handgeschriebenen Gedichten; Blätter mit Landschaftsaquarellen und dergleichen Dinge.

Nun, trotz allen widerstreitenden und beklemmten Gefühlen muß ich sagen: an manchen Abenden im Dezember, wenn es nach trübem, verschleiertem Nachmittag in den Geschäftsstraßen aufzuflammen beginnt, wenn alle die farbigen und grellen Schimmer aus den Schaufenstern auf den feuchten oder beschneiten Asphalt herausfallen und die Straße etwas festlich Belebtes bekommt, dann macht dieser verlogene, heftige Weihnachtsbetrieb mit seiner lichten Außenseite mir doch einigen Spaß, und ich kann dann eine Stunde lang gerade in jenem Stadtteil bummeln, den ich sonst vermeide, und kann eine Stunde lang verloren und gefesselt an den strahlenden Läden hinstreichen, ins Schauen verloren. Es träumt mir dann, ich sei ein Kalifensohn aus Bagdad und sei nach langer, abenteuerlicher Reise, aus Todesgefahr und bitterer Gefangenschaft entronnen, in eine leuchtende Stadt des fernen Ostens gelangt, und mische mich entzückt und neugierig in das Gewühl um die Basare der Händler.

Nachdenken verträgt sich schlecht mit dieser Stimmung, und das Schöne an dieser abendlichen Bummelstunde ist gerade das Erlöstsein vom Denkenmüssen. Aber wenn ich dabei doch je und je ein wenig gedacht und mich selber beobachtet habe, so machte ich dabei jedesmal mit einem gewissen (manchmal lachenden, manchmal eher peinlichen) Erstaunen die Entdeckung, daß ich, der rüstige Fünfziger mit dem leicht ergrauenden Scheitel und dem milden Brillengesicht, im Grunde meiner Seele ungewöhnlich infantil geblieben oder wieder geworden sein muß. Ich bemerke dies, wenn ich mir Mühe gebe, darauf zu achten, wie eigentlich diese vollen, strahlenden Schaufenster auf mich wirken und welcherlei Gegenstände es sind, die mir auffallen und die mich zu Wünschen reizen. Ich mache alsdann die Wahrnehmung, daß die Sachen, die mir gefallen und die mich lüstern zu machen vermögen, beinahe alle noch dieselben sind wie in meiner Knaben- und frühen Jugendzeit.

In der Tat, inmitten dieses schreienden Überangebotes von Waren sind es nur wenige, die ich für meine eigene Person zu begehren vermag, und alle die Errungenschaften der neueren Technik lassen mich schrecklich kalt. Ich sehe mit Erstaunen, daß auch vor solchen Schaufenstern neugierige und begehrende Menschen stehen, in die ich nicht ohne tiefe Langeweile zu blicken vermag und vor denen meinen Schritt zu verlangsamen mir niemals einfallen würde. Das sind zum Beispiel Läden mit Kodaks, mit Grammophonen, mit Sportgeräten, mit Radioapparaten – wenn ich einen Freibrief hätte, der mir erlaubte, aus allen diesen Läden alles zu wählen, was nur irgend zu besitzen mich gelüstete, ich würde den Freibrief wegwerfen und weitergehen. Raffinierte Chronometer, witzige Rasierapparate, blitzende Mikroskope, niedliche Zimmerkinematographen – nichts von allem wäre mir auch nur das Einwickelpapier wert.

Anders steht es mit den Auslagen der Buchhändler. Obwohl auf diesem Gebiet reichlich verwöhnt und überfüttert, bleibe ich vor einem guten Buchladen doch fast immer ein wenig stehen, und nicht nur der geistige Markt interessiert mich, die Namen der Kollegen, die Anpreisungen der Verleger, sondern mindestens ebensosehr interessiert und lockt mich das Materielle dieser Bücher: ein roter Lederrücken, eine schöne englische Leinwand, ein schön getöntes Pergament, ein derbes knotiges Segeltuch als Mappenumschlag. Nun, und es sind ja auch immer wieder manche freundliche Erscheinungen in der Bücherwelt zu entdecken, wenn auch das Niveau im ganzen recht bescheiden ist. Ich sehe mit Freude die sechs braunen Bände mit Rilkes gesammelten Werken stehen und Martin Bubers Chassidische Schriften in einem Bande und Knut Hamsuns »Landstreicher« (O, August, du Teufelskerl), ich freue mich darüber, daß es neue Bände von Josef Conrad gibt, ich blinzle dem »Steppenwolf« zu und grüße die »Gäste« von Georg Munk, und einmal gehe ich sogar in einen Laden hinein und lasse mir ein Bilderwerk vorlegen, das ich im Fenster sah, Glasenapps »Heilige Stätten Indiens«, stehe lang über die Tafeln gebeugt, nach Indien verirrt, ergriffen davon, daß auch diese so sehr fremden, so sehr exotischen Riesentempel, Höfe, Teiche und Höhlengrotten dieselbe immer gleiche Sprache sprechen wie die französischen Kathedralen und die süditalienischen Tempel, die Sprache des Glaubens und der Hingabe, der Begeisterung und seligen Verschwendung vor dem Göttlichen.

Erinnern mich diese Buchläden an viele Begeisterungen und Begierden der Jünglingszeit, so führen andere Bilder mich noch weiter in meine Vergangenheit, ja eigentlich hätte ich sie zuerst nennen sollen. Das mit den Büchern war zwar keineswegs gelogen, aber ein klein wenig Schönfärberei war doch wohl dabei. Denn siehe, es sind andere Schaufenster und Kaufläden, vor denen ich die stärksten Eindrücke, die wärmsten Erlebnisse, die kräftigsten Wünsche habe. Mit kindlicher Bewunderung und primitiver Lust betrachte ich die verlockenden Eßwaren, und zwar am meisten die kindlichsten, die Süßigkeiten. Dem reisenden Kalifensohn kommen heftige Kindheitsbegierden zurück, wenn er diese riesigen Kristallschalen voll großer Pralinen betrachtet, diese Berge von farbig verpackten Schokoladetafeln, die üppigen Platten voll Meringues und Schokoladeschäumchen. Und in einem anderen Fenster, das unendlich viel poetischer aussieht als jene Ausstellungen von Kodaks und Lautsprechern, entzücken mich, obwohl ich seit undenklichen Zeiten keine Wurst mehr gegessen habe, die feisten glänzenden Wurstkränze, die still und trocken herabhängenden Salami, die in Stanniol gerollten, schräg angeschnittenen Leberwürste, von denen ich mir niemals eine kaufen werde, von denen ich die meisten gar nicht essen und verdauen könnte, denn Wurst ist eine Speise für Optimisten, deren Anblick mich aber dennoch bezaubert und mir eine Vorstellung von Reichtum und Wohlleben gibt. O, und ein kleiner zarter Rollschinken, ein Kleinod von einem hübschen Schinkchen, führt mich tatsächlich in Versuchung – weiß Gott, ob ich ihn mir nicht kaufen werde. Indessen stellt der nächste Laden mir noch Köstlicheres vor die Sinne: in zauberhaften Farben wie große fremde Edelsteine leuchtend, sind da kandierte Früchte zu sehen, Birnen, Pfirsiche, Pistazien, Oliven, Ananas. Nichts davon werde ich mir kaufen, nichts davon könnte ich verdauen. Kandierte Früchte sind zwar keine Spezialspeise für Optimisten, o nein, aber doch mehr für Frauen und Jugendliche, jedenfalls aber nicht für schonungsbedürftige, magenzarte und etwas leidende Halbgreise. Taumelt weiter, entzückte Augen!

Es kommt ein Geschäft mit Thermosflaschen, Wärmkissen, Bauchbettflaschen und dergleichen Dingen, ein Geschäft, welchem ich Aufmerksamkeit zu schenken Grund hätte, aber ich gehe kalt vorüber. Eine richtige Apotheke hingegen fesselt mich jetzt; das ist ein Jahrmarkt, den ich gern sehe, und wenn auch mein Verstand die hier veranschaulichte Verbindung von Wissenschaft und Industrie im Zeichen des Mammons eher ironisch betrachtet, so lese ich doch auf diesen farbigen Flaschen, auf diesen hübschen seidigen Packungen und Schachteln mit Interesse und Vergnügen die vielversprechenden Namen, deren Mehrzahl in einem arg verdorbenen Griechisch erfunden sind. »Keine Gicht mehr!« verspricht eine ovale Glasdose, aber weder auf diese Dose noch auf das Plakat »Sind Sie nervös?« lasse ich mich ein, ich hasse solche zu täppischen Fragen. Dagegen sehe ich hier und dort in Glasröhrchen, in Fläschchen, in Paketen gute Freunde liegen, Mittel, die ich kenne und schätze, und von denen es gut ist, eine kleine Auswahl im Reisekoffer zu haben. Namen nenne ich nicht – noch nie hat eine chemische Fabrik mir Rezensionsexemplare geschickt.

Herrlich leuchten die festlichen Läden. Zwei Arten von Läden gibt es, vor denen ich manchmal stehenbleibe, jedoch nicht um die Auslagen, sondern um die von ihnen angezogenen Menschen zu betrachten. Es sind die Läden, in denen man Kinderspielzeug kauft, und jene, in denen elegante Frauen für Kleidung, Schmuck, Haar und Haut, Nägel und Zehen das Nötige angeboten bekommen. Da sieht man schöne Augen, oft im prächtigen nackten Brand des primitivsten Begehrens glühend, und man stellt mit Freude fest, daß es Welten und Industriezweige gibt, deren Notwendigkeit man zwar nicht auf unmittelbarem, aber doch auf diesem indirekten Wege zu erkennen vermag.

Höchst unmittelbare Wege aber schlägt mein Begehren ein, wenn ich vor einem diskreten Fenster halte, wo ausgesuchte Marken alten Kognaks und edler Weine stehen, und ebenso vor jenen blanken, schönen Fenstern, wo auf Glasscheiben die Tabake und Zigarren locken, die schweren dicken, in Stanniol gewickelten Importen, die schwarzen guten Brasilzigarren, die hübschen lichten Holländer, die köstlichen Manilas.

Und noch eine Art von Geschäften gibt es, die seit den frühesten Zeiten ihren Zauber für mich nicht verloren haben. Es sind die Läden mit Papier, mit Bleistiften, Federn, Farben, Aquarellkästen, Linealen, Zirkeln, Zeichenkohle. Da bleibe ich lange stehen, verliebt in eine Kollektion herrlicher Pariser oder Londoner Wasserfarben, in ein Bündel edler Kohinoorstifte, in eine Schachtel mit sibirischem Graphit, in Rollen und Lagen edler Papiere. So ein Hundert Bogen von einem zart-festen, soliden Büttenpapier, das wäre ein Geschenk, mit dem man mich ködern könnte!

Aber am Ende bekommt man kalte Füße, und zum Kaufen ist ja auch ein andermal noch Zeit. Ach, wenn mir nur Freund S. zu Weihnachten nicht einen Kodak oder einen Korb Orchideen schenkt!

# *Warten aufs Christkind*

## ELKE HEIDENREICH
### *Weihnachten*

Als ich ein Kind war, kroch schon ab November die Angst vor Weihnachten in mir hoch.

»Sonst noch was?«, sagte meine Mutter. »Ich feiere doch nicht den Geburtstag von einem, an den ich nicht glaube«, und: »Wo war er denn im Krieg, der Herr Jesus?«

Später, als ich sehr viel älter und meine Mutter schon tot war, las ich eine Geschichte von Luise Rinser über einen kleinen Jungen im KZ, der als Bote zwischen den Baracken hin und her geschickt wurde, bis die Nazis ihn erwischten. Sie hängten ihn auf, und alle mussten zusehen und weinten, und ein alter Mann rief verzweifelt: »Wo ist jetzt Gott?« Und ein anderer zeigte auf diesen gequälten Jungen und sagte: »Dort hängt er.«

Vor Weihnachten ging ich mit meiner Mutter auf den Markt. Es war kalt, ich hatte rot gefrorene Hände und mochte meine kratzigen Handschuhe nicht anziehen. Meine Mutter kaufte Eier, Brot, Gemüse, Mandarinen, Kartoffeln, Würstchen. Bei uns gab es Weihnachten immer Kartoffelsalat mit Würstchen, also irgendein Ritual war schon da – Heiligabend, alle Jahre wieder, kam in unserer Straße zwar nicht das Christuskind auf die Erde nieder, aber doch immerhin Kartoffelsalat mit Würstchen. Auf dem Markt wurden die letzten Weihnachtsbäume verkauft, ich zupfte meine Mutter am Ärmel.

»Guck mal, da, ein ganz kleiner«, sagte ich zaghaft. Sie seufzte. »Was sollen wir damit, Baum ist Baum, ich will diesen ganzen Zirkus nicht, Lametta, Kerzen, Kugeln, das ist alles verlogen.« Ich fand es nicht verlogen, ich sehnte mich danach, aber ich sagte lieber nichts mehr. Und dann auf einmal lenkte sie ein:

»Also gut. Aber kein Baum. Ein paar schöne Zweige.«

Ohne zu murren, schleppte ich die Zweige in meinen frierenden Händen nach Hause und legte sie auf den Küchenbalkon, damit sie frisch blieben.

Noch ein Tag bis Weihnachten. Ich wollte meiner Mutter gern etwas schenken, doch sie wollte ausdrücklich kein Geschenk, bloß nicht, sagte sie, steht alles nur dumm rum, und du kriegst auch nichts, wir haben kein Geld.

Aber auf dem Balkon lagen immerhin die Zweige, und auf der Straße traf ich zufällig meinen Vater, der mir einen großen Karton Marzipankartoffeln brachte und sagte: »Frohe Weihnachten!« und: »Sie ist eben so, da kann man nichts machen.« Dann fuhr er wieder ab, zu einer seiner Geliebten.

Ich setzte mich an den Küchentisch, als meine Mutter weg war, und schrieb ein Weihnachtsgedicht für sie. Ich dichtete und malte Tannenzweige und Kerzen und klebte das Ganze auf eine Pappe und verzierte es mit einem Goldbändchen rundum. Das war mein Geschenk.

Noch einmal schlafen.

Am Nachmittag des 24. Dezember kochte meine Mutter die Kartoffeln für den Kartoffelsalat. Ich saß bei ihr in der Küche, schnippelte die Gürkchen, wir hörten Radio, und sie sang mit bei schönen Arien und Liedern, aber nicht bei Weihnachtsliedern. Der Ofen bullerte, die Zweige lagen immer noch auf dem Balkon.

»So«, sagte meine Mutter, »jetzt gehst du mal bei Frau Wiedemann vorbei und wünschst ihr schöne Weihnachten und bringst ihr diesen Stollen, und bleib ruhig ein bisschen bei ihr, sie ist ganz allein, und dann kommst du wieder. Und zieh die Handschuhe an.«

»Die kratzen«, sagte ich. Ich nahm den Stollen und ging los, es wurde schon dämmrig. Ich hatte nur noch sehr wenig Hoffnung auf ein einigermaßen vernünftiges Weihnachten und sah neidisch und wehmütig in anderen Wohnungen, wie der Baum geschmückt wurde oder schon brannte. Ich war elf oder zwölf Jahre alt.

Als ich zurückkam, stand in unserm sonst nie benutzten Wohnzimmer auf dem runden Tisch ein mit Silberfolie umkleideter Eimer, in dem unsere großen schönen Zweige steckten, geschmückt mit reichlich Lametta, silbernen Kugeln und weißen Kerzen, die meine Mutter jetzt vorsichtig anzündete. Unter dem Baum lagen weihnachtlich verpackte Geschenke.

Alles für mich! Ich machte mich sofort ans Auswickeln, aber dann fiel mir mein eigenes Geschenk ein. Ich holte das Gedicht, meine Mutter las es stumm, nahm mich in den Arm und sagte: »Danke. Das ist schön.« Mehr nicht, aber das war bei ihr schon viel. Und erst danach packte ich weiter aus – es gab Bücher und einen schwarzen Muff aus glänzendem Kaninchenfell. Ich steckte meine Hände hinein, meine Nase, ich liebte ihn sofort, ich liebe ihn immer noch, und das ist ungefähr sechzig Jahre her. Ich habe in meinem Leben auf vielen Reisen und Umzügen Dinge verloren, weggeworfen, oder sie sind einfach verschwunden. Der Muff ist noch da. Er sieht nicht einmal zerrupft aus, und im Winter stecke ich noch immer meine Hände hinein und denke an meine Mutter.

Als sie tot war, ordnete ich ihre Sachen. Darunter war ein Schuhkarton mit Kinderzeichnungen und kleinen Geschichten von mir – sie, die alles wegwarf, hatte das fast fünfzig Jahre lang verwahrt. Auch das Weihnachtsgedicht von damals war dabei. Es ging so:

*Weihnachten ist überall,*
*denn da liegt das Kind im Stall.*
*Deshalb schenkt man sich dann was,*
*Weihnachten macht allen Spaß.*
*Doch wir glauben da nicht dran,*
*dass das Kind von Gott sein kann.*
*Deshalb feiern wir das nicht,*
*und es gibt kein (!) Baum mit Licht.*
*Macht nichts, ich bin trotzdem froh*
*Und die Mama ebenso. Frohe Weihnachten.*

HANNS-JOSEF ORTHEIL

## *Warten aufs Christkind*

Wann genau kommt eigentlich das Christkind, fragt mich Lu, mein fünfjähriger Sohn, als wir dabei sind, den Weihnachtsbaum zu schmücken.

Das Christkind kommt heimlich, antworte ich, keiner sieht und hört es, irgendwann sind die Geschenke einfach da.

Aber wie schafft das Christkind das alles, fragt Lu weiter, es muß doch sehr viele Kinder beschenken.

Das Christkind hat Helfer, sage ich, allein könnte es all die Arbeit natürlich nicht schaffen.

Und wer sind die Helfer, fragt Lu und drückt seine Nase gegen eine rote Christbaumkugel.

Ganz genau weiß ich das auch nicht, antworte ich, vielleicht sind es Engel, und manchmal sind es wohl die Eltern, die dem Christkind etwas Arbeit abnehmen.

Nimmst du dem Christkind was ab, fragt Lu und schaut mich jetzt ganz direkt an.

Ja, sage ich, wir nehmen ihm zum Beispiel das Schmücken des Christbaums ab, das machen wir einfach selbst.

Und die Geschenke, fragt Lu, besorgt ihr die auch?

Einige kleinere schon, sage ich, aber die größten und schönsten bringt doch das Christkind.

Ich würde es so gern einmal sehen, seufzt Lu.

Ich auch, sage ich, aber dann hätte das Christkind nichts Geheimnisvolles mehr, dann wäre es ja beinahe ein Mensch.

Stimmt, sagt Lu, Menschen sind nicht geheimnisvoll, Menschen sind langweilig.

Nicht alle Menschen sind langweilig, sage ich, manche haben auch ganz wunderbare Ideen.

Aber nicht so gute wie das Christkind, antwortet Lu, das Christkind hat immer die besten Ideen, es schenkt einfach am besten.

Das stimmt, sage ich, das Christkind ist sehr einfallsreich, es weiß am besten, was es den Kindern bringen soll.

Sind die Geschenke jetzt schon da, fragt Lu, oder kommt das Christkind erst?

Ich habe noch nicht nachgesehen, antworte ich, die Geschenke sind ja jedes Mal anderswo versteckt.

Das Christkind ist schon sehr klug, sagt Lu, das muß man sagen.

Ich packe ein paar der silbernen Lametta-Bündel aus und zeige Lu, wie man sie auf den Christbaumzweigen drapiert. Er nimmt zwei, drei Lamettastreifen in die Hand und legt sie sehr behutsam auf einen Zweig. Seine Zunge streicht vorsichtig über die Unterlippe, er ist ganz bei der Sache.

Machst du einen Moment allein weiter, sage ich, ich muß noch mal telefonieren.

Klar, antwortet er, telefonier nur, ich helfe dem Christkind beim Schmücken.

Die Geschenke sind oben im Schrank hinter den Kleidern, denke ich, jedes Jahr sind die Geschenke dort versteckt. Um ganz sicherzugehen, sollte ich aber noch mal nachschauen, denke ich weiter, schließlich sind es nur noch drei Stunden, bis das Christkind dann wirklich kommt.

Oben im Schrank hinter den Kleidern ist viel Platz für Geschenke, aber die Geschenke sind nicht dort. Seltsam, denke ich, die Geschenke sind diesmal woanders versteckt, anscheinend hat sich La Mamma ein neues Versteck ausgedacht.

Ich gehe hinunter zur Küche, dort backen La Mamma und unsere siebenjährige Tochter Lo gerade das Weihnachtsgebäck. Noch bevor ich die Küche betrete, höre ich die Unterhaltung der beiden.

Wie schafft das Christkind das eigentlich alles, fragt Lo, es muß doch sehr viele Kinder beschenken.

Das ist ein Geheimnis, höre ich La Mamma sagen, das ist ein sehr großes, schönes Geheimnis.

Tine sagt, es gibt gar kein Christkind, sagt Lo, die Eltern besorgen die Geschenke, sagt Tine.

Das Christkind hat Helfer, sage ich und betrete die Küche, die Eltern helfen dann und wann, das ist schon richtig.

Das habe ich Tine auch so erklärt, sagt Lo, aber Tine behauptet noch immer, es gibt gar kein Christkind.

Lu schmückt gerade den Baum, sage ich, willst du ihm nicht ein bißchen helfen?

Mach ich, sagt Lo und hüpft auch schon aus der Küche, ich helfe Lu und dem Christkind beim Schmücken.

Wo sind die Geschenke, frage ich mit gedämpfter Stimme La Mamma.

Hinter den Kleidern im Schrank, antwortet La Mamma.

Da sind sie nicht, sage ich.

Da sind sie immer, sagt La Mamma, ein wenig zu laut.

Fast immer, aber nicht jetzt, sage ich, eben habe ich nachgeschaut.

La Mamma blickt mich kritisch an, dann eilen wir zusammen die Treppe hinauf und greifen in die Leere hinter den Kleidern im Schrank.

Ich habe sie hier abgestellt, sagt La Mamma, du mußt sie umgeräumt haben.

Nicht daß ich wüßte, sage ich, ich sollte mich doch daran erinnern.

Das meiste haben wir ja schon im November gekauft, sagt La Mamma, oder war es Anfang Dezember?

Mein Gott, sage ich, wir haben die Geschenke einfach vergessen, wir haben sie vor uns selber versteckt.

Dann sind sie entweder im Keller oder im kleinen Speicherzimmer, sagt La Mamma und verschwindet hastig, während ich hinunter zu den Kindern gehe. Im Flur höre ich erleichtert, daß sie sich friedlich unterhalten.

Das Christkind hat viele Helfer, sagt Lo gerade.

Das hat Pappa auch gesagt, antwortet Lu, aber was die Helfer so ganz genau machen, das wußte er auch nicht.

Ich weiß es, sagt Lo, ganz bestimmt.

Gib nicht so an, sagt Lu, niemand weiß es, das Christkind hat viele Geheimnisse.

Papperlapp, sagt Lo, ich weiß es.

Was weißt du, fragt Lu.

Ich habe dem Christkind geholfen, sagt Lo, ich habe die Geschenke versteckt.

Du gibst ja ganz furchtbar an, sagt Lu und beginnt zu lachen.

Die Geschenke waren in Mammas Kleiderschrank, hinter den Kleidern, sagt Lo, ich habe sie in die große Truhe im Keller getan, damit Mamma und Pappa sie nicht gleich auspacken.

Du lügst, sagt Lu, du lügst ja ganz schrecklich.

Ich lüge nicht, sagt Lo, komm nur mit, ich zeige sie dir.

Wohin wollt ihr, frage ich und betrete das Zimmer.

Wir wollen im Keller spielen, sagt Lo und schaut mich trotzig an.

Kommt nicht in Frage, sage ich, wir schmücken zuerst den Baum, dann könnt ihr im Keller spielen.

Na gut, sagt Lo, wenn du meinst.

Wir helfen dem Christkind sehr viel, sagt Lu und beginnt wieder zu lachen.

Ich muß noch mal kurz telefonieren, sage ich und eile hinauf ins Speicherzimmer.

Die Geschenke sind in der großen Truhe im Keller, sage ich zu La Mamma, ich bringe sie jetzt hier hinauf, auf den Speicher.

Warum mußt du immer alles umkramen, stöhnt La Mamma, irgendwann werden wir die Geschenke überhaupt nicht mehr finden.

Das Christkind hat seine Geheimnisse, flüstere ich weiter, das ist eben so, und so soll es auch bleiben.

Und dann eile ich in den Keller und schleppe alles hinauf auf den Speicher, wo La Mamma die Geschenke in weihnachtliches Geschenkpapier packt.

Schön, sage ich zu Lo und Lu, als ich endlich wieder im Wohnzimmer bin, sehr schön, das Christkind freut sich bestimmt, wenn ihr ihm so gut helft.

Dürfen wir jetzt in den Keller, fragt Lo und zwinkert Lu zu.

Ihr dürft, sage ich, spielt ruhig im Keller, das Christkind war, glaube ich, sogar schon da, ich habe jedenfalls etwas rascheln und klingeln gehört.

Ach Pappa, sagt Lo, sehr genau weißt du nicht Bescheid.

Nein, Pappa, sagt Lu, wir sind einfach die besseren Helfer.

Wenn ihr meint, antworte ich, wenn ihr meint. Dann geht nur in den Keller, ich träume hier noch etwas vom Christkind.

DAVID HENRY WILSON

# *Warten auf Weihnachten*

»Das Dumme an Weihnachten«, sagte Jeremy James, »ist die Zeit dazwischen.«

»Wozwischen?« fragte Mama – sie behängte gerade den Weihnachtsbaum mit Lametta.

»Zwischen irgendwann und Weihnachten«, sagte Jeremy James. »Zum Beispiel zwischen heute und Weihnachten. Wenn nichts dazwischen wäre, hätten wir jetzt Weihnachten und ich brauchte nicht auf meine Geschenke zu warten.«

»Au!« sagte Papa, der eine Nadel in eine Papiergirlande und in einen Daumen gesteckt hatte. »Verdammte Stecknadeln! Gehen nie dahin, wo man sie hinhaben will.«

Es war noch schrecklich lange hin bis Weihnachten – genau eine Woche. Draußen sah die Welt wie ein riesiger Geburtstagskuchen aus, mit Puderzuckerschnee, Kerzenbäumen und Kandishäusern bedeckt. Die Leute auf der Straße waren ganz vermummt, man sah nichts als ihre roten Backen, ihre glänzenden Augen und ihren Dampfatem. Drinnen war es mollig warm. Mama hatte die Zwillinge gebadet und gefüttert, das Haus geputzt, Mittag gekocht und den Weihnachtsbaum geschmückt, während Papa sich mit dem Aufhängen einer Papiergirlande beschäftigt hatte. Papiergirlanden waren sehr schwer aufzuhängen. Besonders, wenn Papa sie aufhängte. Sie schienen einen richtigen Dickkopf zu haben, wenn Papa sie aufhängte: Wenn er ein Ende an der Wand befestigte, schlang sich das andere um seinen Arm und seinen Hals, so daß er es nur entwirren konnte, indem er das Ende, das er schon befestigt hatte, wieder rauszog, aber wenn er es abgemacht hatte, schlang es sich um seinen anderen Arm, und schließlich mußte er die Papiergirlande in der Mitte zerreißen, um seine Arme wiederzufinden. Papa konnte Papiergirlanden nicht leiden, und wahrscheinlich mochten die Papiergirlanden Papa auch nicht besonders.

»Mama«, sagte Jeremy James, »Papa lutscht wieder am Daumen.«

»Wir müssen wohl noch ein Pflaster draufkleben«, sagte Mama.

»Die Nadel ging glatt durch«, sagte Papa. »Noch ein Millimeter und ihr hättet mich in eine Schmetterlingssammlung aufnehmen können.«

»Na«, sagte Mama, »hoffentlich erholst du dich rechtzeitig, damit du diese Papiergirlande noch vor Weihnachten aufgehängt kriegst.«

»Wie lange ist es noch bis Weihnachten?« fragte Jeremy James.

»Genau zehn Minuten weniger als letztes Mal, als du danach fragtest«, sagte Mama. »Eine Woche, mein Junge. Sieben Tage und sieben Nächte.«

»Ich glaube nicht, daß ich so lange warten kann«, sagte Jeremy James. »Weihnachten müßte früher kommen.«

»Du kannst deine Geschenke morgen haben, wenn du willst«, sagte Papa. »Bloß, du wirst dann wohl nächste Woche enttäuscht sein, wenn alle anderen ihre Geschenke bekommen und du nichts.«

»Du kannst deine auch morgen haben«, sagte Jeremy James.

»Nein, danke«, sagte Papa. »Sonst feiern wir Neujahr mit Ostereiern.«

Jeremy James konnte es kaum erwarten, Mama und Papa ihre Geschenke zu geben. Er wollte sie ihnen fast so gern geben, wie er wollte, daß sie ihm seine gaben. Er hatte eine Ewigkeit gespart und sich sehr viele Gedanken über die Geschenke gemacht, und er hatte sie heute ganz allein im Süßwarenladen an der Ecke gekauft. Jetzt waren sie an einer sehr geheimen Stelle versteckt, wo nie jemand auf die Idee kommen würde nachzusehen: unter seinem Bett. Es waren zwei Geschenke – das eine war eine bunte Schachtel Lakritzbonbons mit einem Rotkehlchen obendrauf und das andere eine dicke Tafel Schokolade mit dem Weihnachtsmann drauf. Die einzige Schwierigkeit, die Jeremy James mit diesen beiden geradezu idealen Geschenken hatte, war, zu entscheiden, wer was kriegen sollte. Er konnte sich gut vorstellen, wie Mama die bunte Schachtel aufmachte und sagte: »Hier, Jeremy James, nimm ein Lakritzbonbon.« Aber er konnte sich ebenso gut vorstellen, wie Mama die Schokolade durchbrach und sagte: »Hier, Jeremy James, nimm ein Stück Schokolade!« Andererseits hört er geradezu, wie Papa sagte: »Jeremy James, hier hast du ein paar Lakritzbonbons.« Aber Papa würde natürlich auch sagen: »Hier, Jeremy James, iß ein bißchen Schokolade!« Es war wirklich eine *sehr* schwierige Entscheidung.

Mamas Weihnachtsbaum sah immer mehr aus wie ein verzauberter Wald, und Papas Papiergirlande sah immer mehr aus wie Konfetti. Vielleicht war es am besten, sich auf Mama zu konzentrieren. Zwei Dinge wollte Jeremy James *zu* gern wissen: Würde Mama lieber Schokolade oder Lakritzbonbons haben wollen, und was wird Jeremy James zu Weihnachten kriegen? Für Mama waren das ganz leichte Fragen, aber Jeremy James wußte aus Erfahrung, daß Erwachsene Fragen nicht so gern beantworten. Zum Beispiel hatte er Mama mal gefragt, wie die Zwillinge in ihren Bauch gekommen waren, und da hatte sie es ihm nicht gesagt, obwohl sie es genau gewußt haben mußte, denn es war ja schließlich *ihr* Bauch. Und Papa hatte er mal gefragt, wieviel Geld er hat, und er hatte es ihm auch nicht gesagt, obwohl er es gewußt haben muß, denn es war ja schließlich *sein* Geld.

Und an einem Sonntag hatte er sie mal gefragt, ob Jesus im Wohnzimmer sei, aber sie hatten ihm nicht geantwortet, obwohl sie es gewußt haben mußten, denn es war schließlich *ihr* Wohnzimmer. Erwachsene sind sehr schnell bei der Hand, wenn es darum geht, etwas zu fragen, zu befehlen oder zu verbieten oder einen anzutreiben, aber wenn man mal eine Antwort von ihnen will, können sie *sehr* umständlich sein. »Mama«, sagte Jeremy James und spielte geistesabwesend mit seinem Zeh und einer Stechpalmenbeere, »was findest du besser – Schokolade oder Lakritzbonbons?«

»Ich finde beides gut«, sagte Mama.

»Ja, aber was ist besser?« sagte Jeremy James.

»Manchmal Schokolade und manchmal Lakritzbonbons«, sagte Mama. »Kommt drauf an, wie ich mich fühle.«

»Wie fühlst du dich meistens?« sagte Jeremy James.

Mama dachte lange und angestrengt nach. »Nachmittags Lakritzbonbons«, sagte sie, »und abends Schokolade.« Erwachsene können einem manchmal wirklich auf die Nerven gehen.

Jeremy James machte noch einen Versuch.

»Und wie ist es morgens?« sagte er. Aber er wußte schon, bevor sie geantwortet hatte, daß sie sich irgendwie herausreden würde.

»Morgens«, sagte Mama, »habe ich überhaupt keinen Appetit auf Süßigkeiten.«

Jeremy James trottete zu Papa.

»Papa«, sagte er, »was magst du lieber – Schokolade oder Lakritzbonbons?« Papa schien sehr erfreut zu sein, Jeremy James zu sehen, und hörte sofort auf, an der Papiergirlande zu arbeiten, um über diese Frage nachzudenken. »Hm«, sagte er, »ich mag Schokolade lieber als rosa Lakritzbonbons mit Schwarzem in der Mitte, aber ich mag schwarze Lakritzbonbons mit Weißem in der Mitte lieber als Schokolade. Im großen und ganzen, alles in allem gesehen, grundsätzlich würde ich wahrscheinlich sagen, daß es sich ungefähr die Waage hält.«

Jeremy James' Gesicht wurde so lang wie der Bart des Weihnachtsmannes. »Was magst *du* denn lieber?« fragte Papa.

Jeremy James' Gesicht wurde wieder kürzer. »Ganz einfach«, sagte er, »beides.«

Mama war jetzt mit dem Weihnachtsbaum fertig, er funkelte wie Diamanten und Smaragde. »Ich helfe dir jetzt mit diesen Papiergirlanden«, sagte sie zu Papa.

»Danke«, sagte Papa. »Verflixte Dinger. Allein werd ich damit einfach nicht fertig.«

»*Du* nicht«, sagte Mama, mit starker Betonung auf dem *Du*.

Jeremy James steckte die Hände in die Taschen und trottete zur Wohnzimmertür. Seine erste Frage war in der Tat alles andere als beantwortet worden, und es schien wenig Zweck zu haben, die zweite zu stellen. »Wart nur ab«, würden sie sagen oder: »Heiligabend wirst du ja sehen.« Aber im letzten Moment entschied er sich doch noch zu fragen.

»Was kriege ich zu Weihnachten?« sagte er.

»Wart nur ab«, sagte Papa.

»Heiligabend wirst du ja sehen«, sagte Mama.

Erwachsene sind wirklich leicht zu durchschauen.

Und Papa zeigte Mama, wie Papiergirlanden aufgehängt werden *sollten*, und dann zeigte Mama Papa, wie Papiergirlanden aufgehängt werden *können*. Jeremy James ging aus dem Zimmer, die Treppe hoch. Er warf einen Blick in das Zimmer der Zwillinge, aber Christopher und Jennifer schliefen beide fest, und selbst wenn sie nicht fest geschlafen hätten, hätten sie ihm nicht helfen können. Babys waren ziemlich nutzlos. Alles, was sie konnten, war essen, schlafen, schreien und Bäuerchen machen. Und die Windeln vollmachen. Babys waren, jedenfalls was Jeremy James anging, totale Nieten. Er konnte nicht begreifen, warum die Erwachsenen so viel Aufhebens um sie machten.

Jeremy James ging in sein Zimmer, kniete sich hin und holte zwei Päckchen unter dem Bett hervor. Kein Zweifel, es waren *sehr* verlockende Päckchen, und schon wenn man sie nur ansah, lief einem das Wasser im Mund zusammen. Wenn man aber erst den Inhalt des Päckchens sah, lief einem noch viel mehr Wasser im Mund zusammen. Mama und Papa würden Weihnachten wirklich *sehr* verwöhnt werden. Mehr als mit Schokolade und Lakritzbonbons konnte man einfach nicht verwöhnt werden. Außer natürlich, wenn etwas nicht in Ordnung war mit der Schokolade oder den Lakritzbonbons. Zum Beispiel könnten die Schokoladenfritzen ja unglücklicherweise aus Versehen einen Holzklotz eingepackt haben, und die Lakritzkerle könnten ja aus Versehen die Schachtel mit Kieselsteinen oder Murmeln gefüllt haben. Solche Sachen passieren manchmal. Mama hatte mal ein Stück Bindfaden in der Suppe gefunden, und Papa fand immer kleine Insekten im Rosenkohl, und wenn die Suppenonkels und die Rosenkohlheinis solche Schnitzer machen können – wer weiß, wozu dann die Schokoladenfritzen und die Lakritzkerle im Stande sind. Es war auf jeden Fall sicherer, man überzeugte sich davon, was *in* den Päckchen war.

Innen in dem Schokoladenpapier war Schokolade. Dicke, dunkle, weiche Schokolade, mit Rillen zwischen den Vierecken, wo man abbeißen konnte. Jeremy James hätte zu gern gewußt, ob die Schokolade auch so gut schmeckte, wie sie aussah. Vom Aussehen konnte man nie auf den Geschmack schließen. Zum Beispiel, als Jeremy James vor ein paar Wochen Husten hatte, gab ihm Mama eine Flasche mit einer wunderbar aussehenden roten Flüssigkeit darin, aber die wunderbar aussehende rote Flüssigkeit hatte brrks, grrks geschmeckt, und er hätte sie ausgespuckt, wenn man ihn nicht gezwungen hätte, sie runterzuschlucken. Nein, man konnte nie sicher sein, daß gutaussehende Sachen auch wirklich gut schmeckten. Die einzig zuverlässige Methode bestand darin, selber auszuprobieren. Man konnte ja das Silberpapier wieder glattstreichen, damit nicht auffiel, daß etwas fehlte ... Und sowieso würde keiner merken, daß in der Schachtel zwei oder drei Lakritzbonbons fehlten, weil ja die anderen Lakritzbonbons zusammenrollen und die Lücke wieder schließen würden ... Die Schokolade und die Lakritzbonbons schmeckten wirklich ausgezeichnet, jedes Stück und jedes Bonbon. An jenem Abend, genau eine Woche vor Weihnachten, hatte Jeremy James schlimme Bauchschmerzen. Niemand sonst in der Familie hatte Bauchschmerzen, aber – wie Papa sagte – Jeremy James konnte sich ja irgendwo was geholt haben. Gott sei Dank war er nach ein paar Tagen wieder quietschfidel, aber Papa und Mama stellten jetzt öfter einen besorgten Gesichtsausdruck bei Jeremy James fest, und zwar besonders immer dann, wenn die Rede auf die Weihnachtsgeschenke kam. Aber am Heiligen Abend war das sorgenvolle Gesicht endgültig verschwunden, und Jeremy James konnte gar nicht mehr aufhören, von den Weihnachtsgeschenken zu reden. Er konnte es nicht mehr erwarten, seine Geschenke zu bekommen, und er konnte es nicht mehr erwarten, *seine* Geschenke zu verteilen, und er wünschte, die Zeit verginge schneller, und er würde heute nacht nicht schlafen, sondern auf den Weihnachtsmann warten, und er hätte zu gern gewußt, was der Weihnachtsmann ihm wohl bringt und ob Mama und Papa wohl wußten, was Jeremy James für sie hatte? Er könnte es ihnen jetzt sagen, wenn sie wollten. Er hätte auch nichts dagegen, wenn sie ihm sagten, was er kriegt. Er hätte nichts dagegen, seine Geschenke jetzt sofort zu verteilen *und* zu bekommen. Was, erst morgen? Meinetwegen, dann eben morgen. Aber wenn morgen nun nicht kommt?

Morgen kam, und es wurde das beste Weihnachten aller Zeiten. Der Weihnachtsmann hatte einen ganzen Berg Äpfel und Apfelsinen und Bilderbücher und Spielsachen und Süßigkeiten in Jeremy James' leeren Kopfkissenbezug gesteckt, und für die Zwillinge hatte er auch noch Spielsachen und schöne Anziehsachen gebracht, und als Jeremy James runter ins Wohnzimmer ging – mit dem glitzernden Baum und den fest angebrachten Papiergirlanden sah es wie ein Märchenland aus –, fand er unter dem Baum ein riesiges Paket. In dem Paket steckte ein funkelnagelneues Dreirad, mit Klingel *und* Satteltasche. Aber die ungewöhnlichsten Geschenke waren die Geschenke, die Jeremy James seiner Mama und seinem Papa gab. Für Mama hatte er eine schöne Schachtel mit einem hübschen kleinen Rotkehlchen obendrauf. Innen drin waren ganz viele Kieselsteine, die Jeremy James sorgfältig von den Gartenwegen aufgesammelt hatte. Und für Papa hatte er ein schönes Päckchen mit einem lächelnden Weihnachtsmann obendrauf und Silberpapier darunter, und innen drin war ein wunderhübscher Holzklotz (aus Papas Werkzeugschuppen) mit einem Bild von Papa drauf, eigens von Jeremy James gemalt. Und obwohl Mama ein kleines Geräusch machte, das so ähnlich wie »Hmpf« klang, als sie ihre Schachtel und Papas Paket sah, lächelten Papa und Mama sich doch an, gaben Jeremy James einen dicken Dankeschönkuß und erklärten übereinstimmend, daß es sich ohne jeden Zweifel gelohnt hatte, auf diese Geschenke so lange zu warten.

## AXEL HACKE
### *Zeit der Rituale*

Weihnachten ist die Zeit der Rituale: Den Christbaum kaufe ich immer ganz zuletzt, einen Tag vor Heiligabend, Paola wird jedes Mal verrückt vor Angst, ich könnte keinen Baum mehr bekommen oder nur ein räudiges Restbäumerl mit dünnen Ästen.

Ich aber lebe immer von neuem in dem Gefühl, so kurz vor dem Fest müsste ich meinen Christbaum billiger bekommen, weil ja der Händler mit der Ware nach Weihnachten nichts anfangen kann, er kann sie nicht aufheben bis zum nächsten Jahr, kann den Baum nicht in den Wald zurückpflanzen. Er müsste so knapp vor Heiligabend in Schlussverkaufsstimmung sein, alles mehr oder weniger herschenken.

Aber was ich jedes Jahr wieder vergesse, das ist, erstens: Auch ich sitze in der Christbaumfalle. Ich kann nicht ohne Baum heimkehren. Selbst wenn der Verkäufer jetzt die Preise erhöhen würde – ich müsste kaufen. Zweitens: Wenn man etwas billiger haben will, muss man handeln. Das kann ich nicht. Ich konnte es nie. Ich bin zu schüchtern. Einmal dachte ich (als ein neues Rabattgesetz eingeführt wurde), es würde sich meine Situation bessern. Ich dachte, überall würden mir nun Verkäufer entgegeneilen, »Rabatt!« schreiend, sich überbietend in der Gewährung höchster Nachlässe. Nichts. Ich müsse mich selbst bemühen, hieß es, müsse feilschen. Selbst dann sei das Personal gehalten, nichts billiger herzugeben, sondern eine Zugabe zu verschenken.

Eine Zugabe? Was soll ich beim Christbaumhändler für eine Zugabe bekommen? Einen zweiten Baum? Das erinnert mich an eine Notiz in Thomas Manns Tagebuch vom 24. Dezember 1918: »Moni, die, wie Golo, auf Wunsch ein kleines Separatbäumchen bekommen hatte, kam damit hereingetanzt und küßte das Bäumchen.«

Ein Separatbäumchen … Ich könnte beim Händler einen Separatbaum für Luis verlangen, aber erstens würde ich den auch bezahlen, wie ich mich kenne. Zweitens würde Luis wollen, dass dieser Baum in seinem Zimmer aufgestellt werde, Kerzen bekomme, diese Kerzen auch zu brennen hätten – er hat gerade so eine pyromanische Phase, ständig fummelt er mit Streichhölzern herum.

Wie heißt es dazu in Helmut Qualtingers Travnicek-Dialogen?

FREUND: Sie haben keine Poesie, Travnicek. Denken Sie an Ihre Kindheit. Was pflegten Sie da zu Weihnachten zu kriegen?

TRAVNICEK: Watschen.

FREUND: Warum?

TRAVNICEK: Ich pflegte den Baum anzuzünden.

FREUND: Absichtlich?

TRAVNICEK: Naa. Es hat sich so ergeben.

Im Übrigen, was Rabatt angeht: Heute haben sicher auch Christbaumhändler Bonusprogramme oder Membership-Rewards-Systeme, bei denen man nach zwanzig Jahren treuen Kaufs eine Tanne gratis erhält, jedoch nur, wenn sie nachts zwischen drei und vier Uhr online bestellt wurde. Und nicht zwischen 30. Oktober und 6. Januar.

Wo hatte ich angefangen? Bei Ritualen. Thomas Mann

las Weihnachten gern aus Eigenem vor, das könnte man aufnehmen, seinerseits aus Manns Tagebüchern vorlesen, was er jeweils am 24. Dezember notierte, in München, der Schweiz, den USA, sehr oft etwas über den Christbaum, 1935 etwa: »Bescherung schöner und brauchbarer Dinge an alle im Licht eines schlanken Baumes mit etwas zu steilen Zweigen.«

Mit etwas zu steilen Zweigen … Ist es nicht großartig?

Wenn ich dann einen Baum habe, muss ich den Christbaumständer suchen. Seit Jahrzehnten fällt mir traditionell erst nach Ladenschluss ein, dass man dazu einen Ständer braucht – nie weiß ich, wo ich ihn vergangenes Jahr verstaut habe, den ganzen Keller muss ich absuchen, irgendwo muss er sein, und Paola wird mich beschimpfen, oh, wird sie mich beschimpfen …

Dann werde ich, ganz kurz bevor ich die Kerzen anzünde, den Feuerlöscher suchen und entdecken, dass seine Füllung bereits vor Jahren hätte erneuert werden müssen, dass er nichts nützt, der Feuerlöscher. Er ist untauglich so, wenn es mal brennen sollte, wird Paola sagen, wo ist der Wassereimer?, wird sie fragen, jedes Jahr müssen wir einen Wassereimer neben den Baum stellen, dabei hätte man nur nach dem letzten Weihnachten den Feuerlöscher zum Füllen bringen müssen. Und ihre Angst vor dem Brand wird sich auf mich übertragen, plötzlich werde ich mich vor einem weihnachtlichen Zimmerbrand fürchten, es ist, als hätte sich die Brandangst meines Großvaters auf mich übertragen. Als hätte ich sie geerbt.

Ist es nicht erstaunlich, noch so viele Jahrzehnte nach 1945 gibt es solches Kriegserbe in mir?

Aber es brennt nie bei uns, das ist auch eine Tradition, dass es bei uns nie brennt, jedes Jahr brennt es nicht …

## UWE TELLKAMP
## *Wer hat den schönsten Weihnachtsbaum?*

Rektor Scheffler war anzumerken, dass er nicht genau wusste, welchen Kurs er vorgeben sollte: Einerseits war Genosse Leonid Iljitsch gestorben, kaum zwei Monate war es her, und das große Schiff Sozialismus trieb führerlos dahin. Andererseits näherte sich das Weihnachtsfest – und jede Einschränkung, die eine bestimmte Grenze überschritt, würde nicht als Pietät, sondern als Schwäche, als Eingeständnis und Ausdruck einer Lähmung aufgefasst werden. Richard ließ den Blick durch das Rektoratszimmer schweifen, Breshnews Gorilla-Gesicht mit den verschlagen blickenden, tiefliegenden Äuglein unter Flaschenbürstenbrauen, der schwarze Streifen in der Ecke der Fotografie, daneben der Genosse Staatsratsvorsitzende im grauen Anzug vor himmelblauem Hintergrund, ein gewinnendes Lächeln auf den Lippen; dann die Reihe von Schefflers Vorgängern.

»Sie lehnen meine Vorlesung also ab.«

»Herr Hoffmann, bitte.« Scheffler machte eine unwillige Bewegung. »Haben Sie doch Verständnis für meine Lage. Genug, dass nun wieder dieser alberne Weihnachtsbaumkrieg beginnt!«

»Wir haben kaum noch Schmerzmittel, Genosse Rektor.«

»Ja, ich weiß. Heute Morgen war der Apotheker bei mir. Herr Hoffmann, ich bitte Sie um eins – keine Panik. Wir werden Abhilfe schaffen. Noch heute habe ich einen Termin bei Barsano. Seine Frau wird dabei sein. Ich werde darum ersuchen, dass Friedrich Wolf uns hilft.«

Das hatte dieses Krankenhaus noch nie getan, Scheffler wusste es, Richard wusste es. »Keine Panik, das ist jetzt das Wichtigste. Es gibt schon genug Gerüchte. Und es bleibt bitte unter uns, was wir besprochen haben.«

Wernstein sagte, als Richard und er sich vor den OP-Sälen die Hände wuschen: »Die von der Inneren sollen einen schönen Tannenbaum gefunden haben!«

»Und unserer?«

»Die Oberschwester ist auf dem Striezelmarkt gewesen, beim Tannenbaumverkauf. Nur Lahme, Krumme und Versehrte.«

Damit drohte die Chirurgische Klinik den Prestigewettstreit um den schönsten Tannenbaum zu verlieren, und das ausgerechnet gegen die Innere Medizin! Das durfte nicht sein, wurde in einer eigens angesetzten Konferenz beschlossen.

In der Orthopädie hatte Wernstein ein rachitisches Exemplar entdeckt, wahrscheinlich in märkischer Sanddürre groß geworden; in der Augenklinik ein wohlproportioniertes, anmutiges, doch kaum fünf Dioptrien hohes Exemplar; in der Urologie eine ungeschlachte Douglasfichte, unten drei Meter breit, aber nur zwei fünfzig hoch, und außerdem endete sie in einem Quirl aus drei Zweigen. Die Neurologie trat mit einem Exemplar vom Striezelmarkt an, es war unten einen Meter breit und drei fünfzig hoch, schmal, spröde und reizbar, denn es hatte sofort genadelt und bis jetzt nicht damit aufgehört.

Abends ging Richard in den Planetenweg. Kühnast hatte zu Hause kein Telefon, und der Pförtner im Arzneimittelwerk hatte nicht durchstellen können. Richard hatte im Tausendaugenhaus angerufen und Alois Lange gebeten, dem Chemiker einen Zettel an die Tür zu stecken. Für diese Art Nachrichten gab es überall im Viertel Zettelkästen an den Türen, daneben Bleistifte an Bindfäden. Bitte klopfen, Klingel defekt, stand unter Kühnasts Schild.

»Ah, Herr Hoffmann, kommen Sie rein. Hab' Herrn Langes Zettel gelesen. – Nein, nein, Schuhe können Sie anlassen. Bitte hier entlang.« Sie gingen ins Wohnzimmer, an Bücherschäften vorbei, zwischen denen Gas- und Stromzähler tickten. Glasschlifftüren, Wasserflecken an der Flurdecke, feine Risse, abblätternder Stuck. »Meine Frau hat ein paar Schnittchen zurechtgemacht.« Kühnast wies auf ein Tablett. »Was trinken Sie?«

»Einen Ihrer Liköre, wenn's erlaubt ist.«

Über Kühnasts Gesicht zuckte Freude. »Na ja, wir sind noch im Versuchsstadium. Hat sich das …«, der Chemiker rückte seine mit Heftpflaster geflickte Brille zurecht, »bis zu Ihnen herumgesprochen? Ich kann Pfirsich empfehlen.« Kühnast schenkte ein, beobachtete Richard, der das Glas mit der in wildem Abendrot gehaltenen Flüssigkeit kippte. »Stark.«

»Nicht wahr?« Der Chemiker setzte sich, schlug ein Bein übers andere. »Also. Was kann ich für Sie tun, Herr Hoffmann?«

Richard schilderte das Problem. »… und dachte, da Sie, im Arzneimittelwerk …«

»An der Quelle.« Herr Kühnast nickte, nahm nach einer Weile die Brille ab und ließ sie am geflickten Bügel baumeln. In Bälde sei Weihnachten, sagte er bedächtig. Richard verstand nicht ganz. Der Dresdner Christstollen sei berühmt, und zu Recht, fuhr Kühnast fort. Butter, Zucker, Mehl, Sukkade, Sultaninen – es falle ihm von Jahr zu Jahr schwerer, die exotischen Zutaten zu besorgen; Bäcker Walther sehe sich mehr und mehr gezwungen, gegen Abgabe der Zutaten zu backen. Sultaninen, woher nehmen? Fett müsse der Stollen sein, beim Quetschen müsse der Schnitt feucht werden, schwer müsse der Stollen sein, nahrhaft, eine Weile angenehm im Magen warten, den Verdauungsenzymen süße, aber nicht süßliche Gesellschaft leisten, sultaninenreich müsse der Stollen sein, vom Bäcker Walther müsse der Stollen sein. »Zwanzig Stück, Herr Hoffmann. Meine Verwandtschaft, Sie verstehen.«

Mit Wernstein und Dreyssiger, den unternehmungslustigsten jüngeren Ärzten der Chirurgischen Klinik, besuchte Richard Malivor Marroquins Kostümverleih; jeder lieh ein Weihnachtsmannkostüm aus. »Etwas unbequem, aber es wird schon gehen! Und Tarnung muss sein.«

Sie stellten Auto nebst Anhänger am Heiderand ab. Der Mond lugte zwischen den Baumwipfeln hervor und ließ den Schnee neben dem Waldweg wie welliges Zink erscheinen. Dreyssiger schulterte die Zimmermannssäge, Wernstein nahm die Axt, Richard den Bolzenschneider.

»Wenn man nichts schiefgeht«, gab Wernstein zu bedenken. »Wenn wir erwischt werden, sind wir geliefert.«

»Ach was, wird schon klappen«, sagte Dreyssiger aufgekratzt. »Wer wagt, gewinnt. Oder willst du jetzt kneifen, Thomas?«

»Wenn nur der blöde Bart nicht so jucken würde. Schätze, der hat in zentnerweise Mottenpulver gelegen. Riecht auch danach.«

»Ab jetzt Vorsicht, Männer«, mahnte Richard. »Zur Schonung sind es ungefähr zehn Minuten von hier. Sie ist bewacht. Von Förster Busse auf einem Hochsitz und einem Soldaten. Das hat mir der hiesige Pfarrer verraten. Busse dürfte seinen Hund dabeihaben.«

Wernstein hielt grinsend eine halbe Blutwurst hoch.

»Ausgezeichnet.«

»Ich hasse Blutwurst, Herr Oberarzt.«

»Der schönste Baum steht etwas für sich in der Mitte. Man soll ihn von der Anhöhe vor der Schonung gut sehen können.«

»Ziemlich genaue Kenntnisse, Ihr Herr Pfarrer.«

»Niemand kann ihn hindern, seine Waldspaziergänge mit Beobachtungen zu verbringen. Aber weiter. Die Schonung ist eingezäunt, Förster Busses Ansitz ungefähr fünfzig Meter vom Weg entfernt; der Soldat patrouilliert am Zaun entlang. Wir werden uns vorsichtig heranpirschen – und dann das hier.« Richard hob den Bolzenschneider. »Schnippschnapp! Herr Dreyssiger, wir beide robben zum Corpus Delicti und sägen. Herr Wernstein steht Schmiere. Können Sie ein Käuzchen nachahmen?«

Wernstein legte die Hände aneinander und blies in die Höhle unter den parallel liegenden Daumen.

»Lässt sich hören.« Richard nickte anerkennend. »Zweimaliges Schuhu, wenn's brenzlig wird. Ab jetzt nur das Allernötigste, und im Flüsterton!«

Bäcker Walther hatte eine herzkranke Mutter und prinzipiell Verständnis für Richards Anliegen. Immerhin sei er Bäcker, außerdem privat. »Die Steuern«, hob er die bemehlten Hände, »die Steuern, Herr Doktor. Wir müssen einen neuen Ofen haben, aber es wird uns alles weggesteuert.« Richard gab ihm die Sultaninen aus Alices und Sandors Paket.

»Ich back' Ihnen die zwanzig Stollen, Herr Doktor. Aber ich brauch' Medikamente für meine Mutter.«

»Ich stell' Ihnen ein Rezept aus.«

»Nein, nein, das sind spezielle von Doktor Tietze. Von drüben. Von hier, aber für drüben hergestellt. Und von drüben wieder hergeschickt.«

Auf der Hügelkuppe oberhalb der Schonung warteten sie hinter einem Baum und beobachteten. Der Anstand war nicht zu sehen, dafür aber der Soldat, der dick eingemummt und mit geschulterter Kalaschnikow vor einer Tür, die in die Umzäunung eingelassen war, auf und ab schritt, hin und wieder mit den Armen schlug, eine Taschenlampe einschaltete, um die Umgebung abzuleuchten, und sich die Hände rieb. Er sah auf die Uhr; zur vollen Stunde schließlich trat er seine Runde an.

»Schätze, in einer Viertelstunde ist er wieder hier.« Richard befeuchtete den Zeigefinger, hielt ihn hoch. Der Wind kam ihnen entgegen, würde also ihre Witterung nicht zu Busses Hund tragen. Als vom Soldaten nichts mehr zu sehen war, gab Richard ein Zeichen; Wernstein blieb zurück. Im Wegschatten huschten Dreyssiger und er auf den Zaun zu, Richard prüfte die Spannung des Drahtes und schnitt ihn nahezu geräuschlos auf. Kriminell!, dachte er. Aber die Fichte muss durchpassen. Hoffentlich ist der Schnitt nicht zu sehen, und hoffentlich macht der uniformierte Depp nicht gerade hier seine Lampe an, wenn er wiederkommt. Sie krochen in die Schonung, richteten sich in den dicht stehenden Bäumen mühsam auf. Sie hängten die Weihnachtsmannmäntel an einen Ast – die würden drinnen doch nur hinderlich sein und zerreißen – und arbeiteten sich vorsichtig zur Mitte der Schonung vor. Dort standen die Bäume lichter. An jedem baumelte ein weißes Viereck. Dreyssiger schirmte seine Taschenlampe ab, leuchtete behutsam. Auf den Schildern standen Namen, sämtlich von hohen Parteifunktionären; die schönste Blaufichte war mit dem Namen »Barsano« gekennzeichnet. Sie war etwa drei Meter hoch und vollkommen ebenmäßig gewachsen.

Die Krankenschwestern der Nord I öffneten die letzten Schmerzmittel-Chargen. Herr Kühnast hatte prinzipiell Verständnis für Richards Lage. »Wir könnten eine Sonderschicht fahren. Das Problem ist, ich habe keine Arbeitskräfte. Und es geht nur sonnabends, da sind unsere hohen Tiere nie da.«

Richard trommelte seine Studenten zusammen und beraumte einen Subbotnik im Arzneimittelwerk an. Er liebte solche Exkursionen. Die Studenten, war seine Meinung als Hochschullehrer, mussten wissen, wo sie studierten, was sie studierten und warum sie studierten. Einst war Deutschland die Apotheke der Welt gewesen, und Dresden die Wiege der Pharmakologie. Das Arzneimittelwerk, hervorgegangen aus den Firmen Madaus, Gehe und der Chemischen Fabrik von Heyden, in der die Acetylsalicylsäure – Grundstoff für Aspirin, das meistverkaufte Medikament der Welt – erstmalig industriell hergestellt worden war, hatte seinen Hauptstandort in der Leipziger Straße, in der ehemaligen Drogen- und Appreturanstalt der Firma Gehe. Dachrinnen hingen verbogen, die Fenster trugen Aschekrawatten, das Lächeln der Bestarbeiter auf den Fotos an der Werksstraße war von Schwefelkrebs zerfressen, ebenso die Kreideaufschrift »Hilfsarbeiter aller Art« auf der Tafel »Wir stellen ein«, die am Pförtnerhäuschen hing.

»Psst!« Dreyssiger hob die Hand. Sie hörten das Knacken im Unterholz und wieselten sofort in Deckung.

»Sieh mal einer an, das ist ja der Magenstock!« Richard duckte sich. »Höchstpersönlich mit einem seiner Söhne!«

Diese beiden schlichen zielstrebig auf die schönste Blaufichte zu, lauschten einige Sekunden, die Richard und Dreyssiger sprachlos verbrachten, und begannen zu sägen. Richard überlegte: Sollten sie aufspringen und sagen: Halt, wir waren zuerst da!? Dreyssiger tat es schon und ging mit weit ausgreifenden Schritten auf Pfarrer Magenstock zu.

»Wer sind Sie?«, ächzte der Pfarrer.

Dreyssiger leuchtete die Gesichter ab. Sie waren schwarz geschminkt, eine Art Indianer-Kriegsbemalung.

»Wir waren zuerst da!« Dreyssiger hatte Mühe, seinen Zorn zu dämpfen.

»Oh ... Herr Hoffmann«, murmelte Magenstock, wobei er sich ans Herz griff, »Sie haben sich also nicht ohne Hintergedanken bei mir erkundigt.«

Richard mahnte Dreyssiger mit einer Handbewegung, die Lampe auszuschalten. Die vier Männer lauschten beklommen. Es war nichts zu hören außer Baumgeflüster.

»Herr Hoffmann, Sie ... verfolgen die Interessen einer Klinik?« Pfarrer Magenstock atmete mühsam. »Sehen Sie, ich verfolge die Interessen meines Glaubens. Der Brauch stammt aus dem Mutterschoß der Christenheit!«

In diesem Augenblick ertönte Wernsteins Warn-Schuhu. Die Männer rappelten sich auf. Magenstock und sein Sohn rannten zu Barsanos Fichte und vollendeten in rasendem Ritschratsch ihr Säge-Werk. Ein Hund schlug an. »Los, verduften!«, krächzte Pfarrer Magenstock mit bemerkenswerter Kaltschnäuzigkeit. Dreyssiger schnappte sich die Zimmermannssäge, Richard hatte in der Panik den Bolzenschneider liegengelassen. Schon sah man Taschenlampenlicht durch das Astwerk junger Fichten schwanken. Die vier brachen ohne Rücksicht durch das Unterholz. »Stehenbleiben, halt!« und »Rudo, fass!«, schrie es hinter ihnen. Magenstock klatschten die von seinem voranpreschenden Sohn umgebogenen Zweige ins Gesicht. Der Hund bellte, dazwischen Wernsteins pausenlose Schuhu-Rufe; wie sinnlos, dachte Richard, es klingt wie ein gedopter Kuckuck. »Stehen-bleiben! Stee-heen-blei-been!«

»Herr Kühnast, so geht es nicht. Sie können doch nicht einfach irgendwelche Leute hier reinlassen. Es gibt Hygienevorschriften, einen Maschinenlaufplan –«

»Sie hätten doch nur Hilfsarbeiten ausgeführt«, verteidigte sich der Chemiker. »Seit Monaten haben wir Schwierigkeiten in der Verpackung.«

»Trotzdem. Wenn was kaputtgeht oder passiert, was dann? Sie hätten es außerdem mit mir absprechen müssen!« Der Gesichtsausdruck von Kühnasts Vorgesetztem wechselte. »Andererseits sind Sie nun mal da. Kommen Sie doch mal mit, Herr Hoffmann«, und führte Richard in eine Kammer voller Schreibmaschinen. »Alle defekt! Ich bemühe mich seit anderthalb Jahren um einen Monteur aus dem Betrieb Ihres Schwagers. Sie sollen Ihre Medikamente haben, für Herz und Schmerz. Wenn unsere Schreibmaschinen endlich repariert werden. Und grüßen Sie bitte Ihren Bruder von mir.«

»Ich lasse Sie laufen, meine Herren. Unter einer Bedingung. Einer von Ihnen spielt für meine Jungs den Weihnachtsmann«, knurrte Förster Busse. »Mir glauben die Bengel nämlich nichts mehr.« Wernstein verlor das Münzenwerfen.

Mit dem Baum des Ersten Sekretärs ging Richard zu Ulrich, der sich bereit erklärt hatte, einen Monteur ins Arzneimittelwerk zu schicken – wenn er dafür einen Tannenbaum bekomme, mit dem seine Abteilung im sozialistischen Wettbewerb »Wer hat den schönsten Tannenbaum« den begehrten Wanderpokal nebst daranhängender erklecklicher Prämie gewinne.

»Oberarzt Hoffmann bitte zu Professor Müller«, tönte es aus der Kliniksprechanlage. Müller ging erregt auf und ab. »Wenn nur der Reucker mich in der Konferenz nicht so triumphierend mustern würde! Ich muss mich beherrschen, Herr Hoffmann, und ich mag es nicht, mich beherrschen zu müssen!« Er verzog seine Lippen zu einem schmollenden Himbeerwulst. »Aber es hilft nichts. In diesem Jahr werden wir uns der Inneren wohl geschlagen geben müssen. Es ist ja schon unglaublich, dass Reucker auch die Weihnachtsbaumabnahmekommission leitet.«

»Was? Nicht der Rektor?«

»Eben nicht. Das ist ja die Schweinerei.«

»Noch geben wir nicht auf.«

»Aber uns bleibt nur der Striezelmarkt, soweit ich sehe.«

»Dort gibt es nur noch Krückstöcke, die uns zum Gespött der Akademie machen.«

Über Müllers Gesicht blitzte eine Idee. »Und Reisig, Herr Hoffmann, und Reisig.«

Aber bei der Kontrollabnahme zog der Chef der Inneren Kliniken, Reucker, mit kühler Handbewegung einen Schraubenzieher aus der Tasche seines blütenweißen Kittels, suchte eine Weile, während der sich Müllers Lippen zu einem Schlitz zusammenpressten, und schraubte einen Ast an der stolz aufgerichteten, scharf symmetrisch gebauten chirurgischen Fichte ab. Die Schwestern, Ärzte, Diätköchinnen, Hilfspfleger standen mit gesenkten Köpfen, man konnte das Knistern der Kittel hören. »Der Schraubenbaum wächst nicht in heimischer Natur«, sagte Reucker und ließ das Schräubchen von weit oben in die ausgestreckte Hand eines Assistenten fallen, der, verlobt mit einer Krankenschwester aus der Chirurgie, süffisant lächelte. Im Planetenweg aß man an diesem Abend den besten Stollen der Welt.

FRANZISKA WOLFFHEIM

## *Wunderkerzen*

Es war kurz vor Weihnachten und die Welt völlig verschneit, als wir ins Weserbergland fuhren. Zwar gibt es dort keine Berge, sondern eher Hügel, für mich als Kind waren sie aber durchaus eindrucksvoll. Meine Mutter und ich wohnten in Hamburg, wo es bestenfalls »Erhebungen« gibt. Seit dem Tod meines Vaters verbrachten wir die Festtage bei meiner Großmutter, damals ging ich noch in die Grundschule.

Wir hatten wie üblich viel Gepäck, das sperrigste Stück war in diesem Jahr ein großer zweigeteilter Hamsterkäfig, in dem ein Männchen und ein Weibchen fröhlich herumwuselten. Die Hamster wären zu Hause spätestens am zweiten Weihnachtstag verhungert, sagte meine Mutter, also mussten sie mit. Dass es im Abteil bald ziemlich streng roch und eine alte Dame immer wieder ihr parfümiertes Taschentuch zückte, störte meine Mutter nicht im Mindesten. Überhaupt kümmerte sie sich mit keiner Wimper um die Meinung wildfremder Leute – die Spießer, das waren die anderen. Mich irritierten die Blicke meiner Sitznachbarin schon, aber ich sagte lieber nichts. Auch meine Großmutter, die uns am Bahnhof in Bad Pyrmont erwartete, rümpfte die Nase, als wir mit dem Käfig im Taxi saßen.

Nach dem Mittagessen stiegen meine Mutter und ich in den Keller, um den Tannenbaumschmuck zu holen. Er lag in einer großen staubigen Kiste. Wir schleppten sie nach oben, prüften wachsbetropfte Kugeln, Lamettafäden verschiedenster Länge und Engelchen, denen auch mal ein Bein oder ein Flügel fehlte. Meine Großmutter warf, ähnlich wie meine Mutter, nur ungern etwas weg, meine Mutter war allerdings die entschiedenere Aufheberin. In einer Ecke der Kiste lag eine Packung mit Wunderkerzen, extralang, mit stabilem Draht, vom letzten Silvester. Meine Mutter meinte, das sei ein Zeichen.

Auch in Bad Pyrmont gab es in diesem Jahr ungewöhnlich viel Schnee, und es schneite immer weiter. Jeden Morgen mussten wir den Gartenweg zum Haus frei schaufeln, und über den Hügeln lag eine kompakte weiße Decke, die so aussah, als wäre sie für die Ewigkeit. Von unserem Wohnzimmer aus konnten wir die Kinder sehen, die mit ihren Schlitten den gegenüberliegenden Hügel herab sausten. In diesem Winter war die Piste perfekt, sehr fest und an einigen Stellen sogar vereist.

Am Heiligabend, als der Einkauf getan, der Baum geschmückt war und auch der Hamsterkäfig eine Weihnachtskugel abbekommen hatte, verkündete meine Mutter: »Lass uns draußen noch schnell ein paar Wunderkerzen anzünden, um uns auf das Fest einzustimmen. Und vielleicht können wir einmal den Berg runterrodeln.« Ich fand das eine gute Idee, die kalte Luft kitzelte in meiner Nase und machte mich ein bisschen high, ich hätte mir auch vorstellen können, auf den Mont Blanc zu steigen. Meine Großmutter wollte sich in der Zwischenzeit um den Karpfen kümmern.

Als wir mit unseren Schlittern oben am Hügel ankamen, holte meine Mutter die Wunderkerzen heraus. Dann sagte sie, sie habe Lust, eine Kerze an meiner roten Häkelmütze zu befestigen. Ohne eine Antwort abzuwarten, vertäute sie den Draht in der Wolle. Aus einer Kerze wurden schnell sieben, die von meinem Kopf abstanden wie die Stacheln eines Igels. Ich überlegte noch, ob sie die Kerzen wirklich anzünden wollte, als sie schon strahlend verkündete: »Wunderkerzen sind ungefährlich. Ich freue mich schon auf den Funkenregen.« Mittlerweile war es dämmerig geworden. Außer uns waren kaum noch Leute am Berg, man sah von oben die erleuchteten Häuser, in einigen brannten schon die Tannenbäume.

»Los jetzt!« Meine Mutter hatte es plötzlich eilig und zündete mit ihrem Feuerzeug alle Wunderkerzen auf meinem Kopf an. Dann rief sie »Gute Fahrt«, gab mir einen leichten Schubs, und ich sauste funkensprühend den Berg herunter. Auf meinem Kopf knisterte es, mal sah ich ein helles Sternchen links tanzen, dann rechts, das sah hübsch aus; das meiste spielte sich allerdings über mir ab. Bald nahm ich einen seltsamen Geruch wahr, es roch, ja wie, nach angesengtem Schaf. Ich war drauf und dran, mir die Mütze vom Kopf zu reißen; aber dann traute ich mich nicht, weil ich nicht in die heißen Drähte fassen wollte.

Als ich endlich unten ankam, sah ich meine Mutter, die mit ihrem Schlitten auf mich zufuhr. Kurz vor meinem Schlitten stoppte sie. »Du warst wunderschön«, sagte sie zärtlich, »eine Weihnachts-Sternschnuppe, die vom

Himmel fällt. Aber du riechst ein bisschen brennig.« Rasch zog sie mir die Wollmütze vom Kopf, ich war heilfroh, das Ding loszuwerden. Meine Mutter inspizierte die Mütze im Schein der Straßenlaterne. »Nur ein bisschen angekokelt, nicht schlimm.« Waren das wirklich die Funken gewesen? Oder hatte meine Mutter mit ihrem Feuerzeug aus Versehen die Mütze gestreift? Ich überlegte, ob ich das Häkelteil, ein Erbstück einer älteren Cousine, trotzdem würde tragen müssen. Meine Mutter war schon damals eine Verfechterin der Nachhaltigkeit, die für sie auch darin bestand, Klamotten über Generationen weiterzugeben, zu stopfen, enger oder weiter zu machen. Deshalb trug ich Pullover und Hosen diverser Cousins und Cousinen auf, was eine meiner Tanten zu der Bemerkung veranlasste, ich sähe aus wie ein Russenkind. Ich wusste nicht genau, was damit gemeint war, aber mir war schon klar, dass es nichts Gutes bedeutete.

Meine Mutter strich und zupfte an der Wolle herum, dann lächelte sie. »Ich hab's. Wir schneiden die schwarze Stelle heraus und machen aus der Mütze ein Nest für die Hamster.« Ich stimmte ihr sofort zu, erleichtert, das rote Ärgernis endlich loszuwerden. Die Wunderkerzenfahrt hatte sich doch noch gelohnt.

Meine Großmutter war überhaupt nicht begeistert, als wir endlich nach Hause kamen – was hätte alles passieren können, wie kannst du nur, das arme Kind … Ich fand, sie hatte Recht, andererseits war ich jetzt, ohne Mütze, ein bisschen weniger Russenkind. Meine Mutter blieb von den Vorhaltungen meiner Großmutter unbeeindruckt. »Wunderkerzen sind völlig ungefährlich«, beharrte sie.

Es gibt weder ein Foto noch ein Video von der weihnachtlichen Funkenfahrt. Meine Mutter hatte keine Kamera dabeigehabt. Im Handy-Zeitalter wäre es normal gewesen, die Szene zu dokumentieren. Weil es keine Aufnahmen gab, verlegte sich meine Mutter umso mehr aufs Erzählen. Im Zug, auf der Rückfahrt von Bad Pyrmont nach Hamburg, hielt sie glücklicherweise die Klappe. In Hamburg gab sie die Geschichte dann vor ihren Freunden immer wieder zum Besten. Je öfter sie von der Schlittenfahrt sprach, umso größer wurde das Feuerwerk über meinem Kopf – was mir von Mal zu Mal peinlicher war. Irgendwann hätte man mich für die Sternen-Aureole, die meinen Kopf schließlich umgab, glatt heiligsprechen können.

# *Ein unvergessliches Fest*

RENATUS DECKERT

## *Maria ohne Unterleib*

Jedes Jahr im Advent, wenn ich die Krippenfiguren aus der verstaubten Schachtel nehme, sehe ich das Gesicht meiner Großmutter vor mir. Die weißgrauen Locken, die tausend kleinen Fältchen und das verschmitzte Lachen, wenn sie von der Maria ohne Unterleib sprach.

Nein, das war nicht respektlos gemeint. Und wenn in ihrem sächsischen Tonfall auch ein leiser Spott mitschwang, dann galt er sicher nicht der Muttergottes oder gar der unbefleckten Empfängnis.

War es überhaupt Spott oder eher ein verschämter Stolz, der mit einem Augenzwinkern getarnt werden musste? Schließlich hatte sie der großen Historie ein Schnippchen geschlagen und einer Todgeweihten ein neues Leben geschenkt.

Mit viel Glück waren die Krippenfiguren meiner Großeltern dem Dresdner Bombenhagel entgangen. Ein bisschen Verstand war freilich auch dabei: Dass Dresden verschont bleiben würde, konnte sich mein Großvater beim besten Willen nicht vorstellen. Hatte nicht sogar der Kölner Dom gebrannt? Und so schaffte er Bücher, Fotoalben, Geschirr und Dutzende gefüllter Einweckgläser zu seinen Eltern nach Radebeul.

Was in der Wohnung in der Johannstadt zurückblieb, ging am 13. Februar 1945 in Flammen auf. Wo das Haus stand, in dem vier Jahre zuvor mein Vater geboren wurde, erstreckt sich heute ein staubiger Sportplatz.

Die Krippenfiguren waren gerettet. Aber noch ein

zweites Mal hing ihr Schicksal am seidenen Faden. Bei Kriegsende durchkämmten russische Soldaten in Radebeul die Häuser, auf der Suche nach Uhren, Schnaps und Frauen. Da trat ein Rotarmist auf den Karton mit den Krippenfiguren. Josef und das Christkind, die Hirten mit ihren Schafen, ja sogar die drei Könige überlebten. Aber die Maria zerbrach.

Woher hätte man in diesen Zeiten eine neue nehmen sollen? Als das erste Nachkriegsweihnachten herankam, klebte meine Großmutter die noch erhaltene obere Hälfte mit dem sanften Gesicht, das ihr so gut gefiel, auf einen Holzklotz. Fertig war die Maria ohne Unterleib.

Der Stall, ein ehemaliges Vogelhäuschen, in das die heilige Familie mit Ochs und Esel bequem hineinpasste, wurde so mit Stroh ausgelegt, dass man die Prothese nicht sah.

Wenn wir Kinder am zweiten Weihnachtsfeiertag bei meinen Großeltern einfielen, steuerte ich als Erstes die Krippe an, die auf dem Büfett im Wohnzimmer aufgebaut war. Eine winzige Laterne warf einen rötlichen Schein auf die Locken des Neugeborenen. Aber am meisten bewunderte ich die drei Könige in ihren langen Gewändern, vor allem den mit dem Turban und dem schwarzen Gesicht.

Und dann war da noch der kleine graue Esel. Während die Hirten und der Ochs nur Augen für das Christkind hatten, sah er uns aufmerksam zu, wie wir mit der Kuchengabel die Rosinen aus dem Stollen pulten, den Plätzchenteller plünderten und den Engeln die Flügel abbissen.

Der Höhepunkt des Festes war erreicht, wenn die Kerzen am Christbaum angezündet und alle Geschenke ausgepackt waren und meine Großmutter den Klavierdeckel aufklappte. Ihr Lachen verhieß das Gegenteil von »Stille Nacht«. Beherzt griff sie in die Tasten, und alles schmetterte:

Wenn's Weihnachten ist,
wenn's Weihnachten ist,
dann kommt zu uns der heil'ge Christ.
Da bringt er eine Muh,
da bringt er eine Mäh
und eine schöne Tschingterätätä.
Weihnacht, Weihnacht,
Weihnacht ist ein schönes Fest, juchhe!

Ich weiß nicht, ob bei dem »Muh« der Ochs zusammenzuckte und bei dem »Mäh« die Schafe. In diesen Minuten hatte ich nur Augen für meine Großmutter, die ich nie so ausgelassen sah wie zu Weihnachten, wenn wir uns alle in ihr kleines Wohnzimmer drängten, in dem man die Luft hätte schneiden können, und sie Klavier spielte, dass die Pedale rumpelten und die Kaffeetassen klirrten, und wir aus voller Kehle von der Pfefferkuchenfrau und ihrem Mann aus Olbernhau sangen:

Er knackt ihr eine Nuss,
er knackt ihr einen Kern
und hat sie, ach, zum Fressen gern.
Weihnacht, Weihnacht,
Weihnacht ist ein schönes Fest, juchhe!

Später, wenn ich ihr im Korridor in die Arme lief, strahlte sie mich an und sagte: »Na, du Griewatsch?«, was auf Sächsisch so viel heißt wie Lausejunge. Niemand sonst sagte das zu mir oder hat es je wieder zu mir gesagt.

Manchmal ertappe ich mich dabei, wie ich die zwei Silben vor mich hinspreche, wie um mich zu versichern, dass es das Wort noch gibt. Ich schließe die Augen und stelle mir meine Großmutter vor, ihre kleine gebeugte Gestalt und ihre Stimme, die schon so lange verstummt ist.

So viel Zeit ist vergangen seither, ist davongerauscht wie ein Fluss, der über die Ufer tritt und mitnimmt, was er greifen kann. Wenn ich in den Spiegel blicke, wundere ich mich, wo die Silberfäden in meinem Haar herkommen. Sah ich sie nicht eben noch im Grün des Christbaums, vor dem Bücherschrank in Radebeul?

Auch das Lied von der Pfefferkuchenfrau habe ich nie mehr gesungen. Aber jetzt höre ich es wieder, und mir ist, als würde ich uns alle da sitzen sehen: meinen Onkel und meine Tante vergnügt auf dem Sofa, umringt von meinen lachenden Cousins, im Sessel Big Ben, wie wir meinen Großvater riefen, weil er es hasste, Opa genannt zu werden, meinen beflissen singenden Vater und meine drei älteren Brüder, dünn wie die Bohnenstangen, obwohl sie gerade einen ganzen Stollen verputzt hatten. Und zwischen ihnen den blonden Griewatsch, der ich war und immer sein werde, wann immer ich mich an jene Weihnachten erinnere.

Bevor wir uns am Abend mit roten Wangen auf den Heimweg machten, warf ich noch einen Blick auf die Krippe. Reglos standen die Figuren in dem Vogelhäuschen. Ein Engel spielte Geige, ein anderer zupfte an seiner Harfe. Ein Hirte mit zerbeultem Hut trug ein weißes Lamm auf den Schultern.

Das Wohnzimmer war erfüllt vom Rauch der Kerzen, die jemand in meinem Rücken ausgepustet hatte. Ein letztes Mal betrachtete ich das Christkind und den kleinen grauen Esel, der mit den Beinen im Stroh versank.

Ob es noch die lädierte Maria war, die ich neben dem bärtigen Josef sah? Irgendwann, so hat mir mein Onkel erzählt, wurde sie durch eine neue ersetzt. Anwesend blieb sie dennoch, Jahr für Jahr. Kein Weihnachten, an dem meine Großmutter nicht mit dem immer gleichen Augenzwinkern von der Maria ohne Unterleib sprach.

Was aus ihr wurde? Mein Onkel zuckt ratlos die Achseln, und mein Vater schüttelt den Kopf.

Ich nehme an, sie ist jetzt dort, wo meine Großmutter ist: mit ihren weißgrauen Locken, ihrem Gesicht voll tausend kleiner Fältchen und ihrem verschmitzten Lachen.

ULRIKE DRAESNER

# *Das doppelte Weihnachten*

Das schönste Weihnachten erzählen? Gar nicht so einfach. Etwas als das Schönste seiner Art einzuordnen, ist immer erst im Rückblick möglich. Während es geschieht, ist das Schönste lange nicht das Schönste, allemal nicht in der Kindheit, wo man jedes Jahr erwachsener wird und mehr erwartet – von sich und vom Leben. Dies gilt auch für Weihnachten, im Allgemeinen, doch von *einem* Kindheitsweihnachten, an das ich mich erinnere, gilt es nicht. Ausgerechnet dieses Weihnachten war tatsächlich das Schönste von allen.

So ist das erste Problem umschifft oder umflogen, doch das zweite schon auf den Plan getreten. Wie, um Himmels (!) willen, kann man so etwas erzählen? Jegliche Spannung ist im Weihnachtskamin geraucht, noch bevor es losgeht. Krise? Nein. Enttäuschung, schlechte Gefühle? Nicht doch.

Halt, bitte nicht zuklappen.

Ich weiß, was hilft. Man muss vor dem Anfang anfangen ... Mein schönstes Weihnachten beginnt also mit einem Flug eine Woche vor dem eigentlichen Fest. Zu einem Schönsten-Weihnachten, in Zukunft SW genannt, gehört unbedingt, dass es länger dauert als ein OW (ordinäres Weihnachten, O-We ausgesprochen).

Ich war 14 Jahre alt und nie in einem Flugzeug gesessen. Fliegen war teuer in den 70er Jahren und etwas Besonderes. Doch nun flogen wir, meine Eltern, meine Schwester und ich, zu Weihnachten nicht einfach mal nach Hamburg, sondern in die Karibik. In München-Kleinriem sollten wir in eine Maschine nach Frankfurt steigen, von dort nach Paris, weiter nach Madrid und über den Atlantik nach San Juan auf Puerto Rico, wo unser Onkel, Vaters Cousin, uns abholen würde, um uns auf dem letzten »leg« der Reise zu begleiten. Er lebte seit über 25 Jahren in Kanada bzw. den USA und sprach viel Englisch in seinem Deutsch. In einer kleinen Propellermaschine würden wir zu fünft auf die einst halb niederländische, halb französische Insel fliegen, auf der der exotischste meiner Verwandten als Direktor einer Fabrik die Verwandlung von Zuckerrohr in Rum überwachte.

Sowohl mein Geburtssternzeichen als auch mein Aszendent gehören zu den Luftzeichen. Das wusste ich 1976 nicht, doch es wirkte. Ich fand es schlicht großartig, die Kraft der Turbinen beim Start zu fühlen, in den Sessel gedrückt zu werden und alle Bodenhaftung aufzugeben. Ein Dasein als Luftwesen hat seine Schattenseiten, ich versichere es Ihnen, doch beim Fliegen ist es von Vorteil. Allein schon dieses Durchstoßen der Wolken. Dann der Blick: Landschaft und Eiskristalle von oben mit den Augen betasten. So leicht, so wattig, an sich bereits ein Stück Weihnachtswunderland. Die Sonne schien, unter uns dämmerte es, die Lichter am Ende des Flügels traten hervor und flogen mit uns als Sterne, die nur uns gehörten. Der Horizont existierte doppelt, fest auf der Erde, beweglich in unserer Höhe, auf beide sank die dicht strahlende Wintersonne zu. Ich versuchte mir vorzustellen, was man aus den Fenstern des Cockpits sah und kaute meinen Muffin, der soeben, verpackt in Cellophan, gefüllt mit fremd schmeckender Schokolade, ausgegeben worden war. Auch er eine Luxusgabe der Luft, auf dem Boden hatte ich Derartiges nie gekostet. Eng an mein Plastikbullauge gedrückt, schaute und schaute ich und ließ mich verzaubern.

Während meine Mutter, für die es ebenfalls der erste Flug war, ununterbrochen Bonbons lutschte, meine Schwester zum Glück außer Sichtweite auf der anderen Seite des Ganges saß, und mein Vater, ein Ingenieur, mir als der einzige begeisterungsfähige, also ansatzweise ansprechbare Mensch erschien. All dies waren absolute Ausnahmezustände, die ich erwähnen muss, um zu verdeutlichen, wie sehr das Weihnachtswunder bereits bei diesem allerersten Kurzflug an uns wirkte. Meine Mutter redete normalerweise ununterbrochen Offensichtliches (es war auch gern falsch: »Oh, sie haben den Motor angemacht«, als wären wir in ein Auto gestiegen); mit meinem Vater war ich seit über einem Jahr in einen pubertären Dauerkrieg verstrickt (bei dem er sich, meiner erwachsenen Meinung nach, pubertär-autoritär verhielt); und meine Schwester, 11 Jahre klein, nervte ununterbrochen, indem sie entweder nachmachte (auch haben wollte), was ich gerade tat, oder es mutwillig zerstörte.

Insgesamt bedeutete die Reise in die Karibik, viermal in einem richtigen Flugzeug und einmal in einem Propellerinsekt abzuheben. Und ebenso oft wieder zu landen, was nicht ganz so prickelnd war, aber auch schön. Ich erinnere mich an den Luftschlag in der Tür der Maschine in San Juan, fünf Uhr morgens, Sonnenaufgang. Es war meine erste Begegnung mit einem bereits recht südlichen Teil der Erdkugel, ein Luft- und Wärmebad, in das man nur einmal im Leben so, wie soll ich sagen, unberührt steigen kann. Der Onkel erwartete uns pünktlich und gut gelaunt, wie es sich gehörte für ein rundum vielversprechendes SW, von dem ich nun aus einem gleich zu enthüllenden Grund nicht weitererzählen werde,

so dass ich meinen Onkel nicht in Gab umtaufen muss, und meine Tante nicht in Elli, wie sie in ihrem Inselhaus auf der Rum-Insel lebten mit zwei alten Pudeln, die den ganzen Tag im Garten lagen bei zahlreichen Kolibris und jeden Abend von Gab die Außentreppe hochgetragen werden mussten, zurück in die Wohnung. Da es meine gesammelte Vaterfamilie nach dem Zweiten Weltkrieg jahrzehntelang in kalte Erdteile verschlagen hatte, waren wir sehr froh darum, zur Abwechslung einmal mit jemandem wie Gab, der in Deutschland Gabriel geheißen hatte, verwandt zu sein. Im Garten gab es außer Kolibris Bougainvilleen und buschig fremde Pflanzen, die im Abendlicht dicksaftig leuchteten, doch kaum berührte ich eine, schrie Tante Elli: »Finger weg!« Sie konnte einen (mich) wirklich erschrecken. Die meisten Pflanzen schienen giftig, und letztes Jahr hatte man einen Gast sogar ins Krankenhaus bringen müssen. Abends, wenn zwischen 18 und 19 Uhr das tägliche Gewitter aufzog und es zwanzig Minuten lang *cats and dogs* regnete, beruhigte sich alles auf der überdachten Veranda bei einem Getränk. Mein Cousin, so alt wie ich, besuchte ein Internat auf dem Festland, aber reiste zu Weihnachten nach Hause, ebenso meine Cousine, die ungefähr so angenehm wie Tante »Elli-Finger-weg« war. Immerhin bewegte sich die Cousine kaum aus ihrem

Zimmer, in dem sie mit sehr vielen Freunden, alle männlich, telefonierte und ihren Schmollmund pflegte. Ich, vier Jahre jünger als sie, war Luft für sie, was ich gern für Elli gewesen wäre, die gar nicht daran dachte, mich zu übersehen, sondern mich ständig zum Geschirrspülen und Abtrocknen einteilte.

So konnte ich nichts dafür, dass ich die Blechdose mit den Lebkuchen entdeckte. Sie stand in der hintersten Ecke des Küchenschrankes. Auch hier galt »Finger weg«, kein Lebkuchen durfte vor Heiligabend gegessen werden. Mein Cousin lachte. Seine Haut war glatter als das glatte Herz der Fontäne in der Mitte der Inselhauptstadt. Ihre Häuser klebten wie bunte Streichholzschachteln am Straßenrand, ohne Unterbrechung dröhnte *Jingle Bells* aus allen Lautsprechern, die Schaufenster der deutschen Apotheke und des niederländischen Guildenhauses waren mit Dekoschnee weiß gesprüht. Die schwarzen Angestellten meiner Tante, ein »Boy« für alles und ein Gärtner, mussten »Madame« sagen und drei Schritte hinter ihr gehen.

Ich trocknete gerade Geschirr ab, als es wieder blitzte. Dunkelheit, Stromausfall. Ich war barfuß, bloß jetzt in keinen Schuh schlüpfen, zu gern saß ein Skorpion darin. Onkel Gab war zu verdanken, dass ich abends nach dem täglichen Gewitter mit den Erwachsenen auf der Veranda Piña Colada mit Rum trinken durfte. Ich wollte beides: neues Weihnachten und altes Weihnachten, Piña Colada und Lebkuchen, Kolibris und Geschenke. Das Gewitter knallte, gleich wäre es vorbei, die karibischen Sterne würden wieder erscheinen und, wie üblich, auf dem Kopf stehen. Die Lebkuchen glänzten schokoladig und lachten mit weißen Zuckergusszähnen. Wie schnell sich so etwas in der Dunkelheit aß. Der Wind tobte, Regen prasselte auf die Holzveranda, die Bäume rauschten. Manche Blitze funkten so stark, dass sich die Härchen auf den Armen aufstellten. Ein Donnerschlag blieb aus, und es war, als holte der Wind tief Luft. In der unerwarteten Stille hörte ich ein Geräusch aus der Tiefe des Hauses. Hatte ein Tier gejault? Einer der Pudel vielleicht, aus Versehen in Ellis und Gabs Schlafzimmer eingesperrt? Oder im Garten vergessen? Ich trat auf die überdachte Veranda. Mitten im Gras beleuchtete eine kugelrunde Lampe nichts als den peitschenden Regen, doch nach einer Weile sah ich auch ihn. Das Haar hing ihm in nassen Fransen in die Stirn, T-Shirt und Shorts klebten an seiner Haut. Bewegungslos stand er da, den Kopf zum Schlafzimmer gehoben. Zwei lang gezogene Schatten fielen von dort auf das erleuchtete Rasenstück, knickten an Gab im rechten Winkel ab und flossen über seinen Körper, als prüften sie ihn.

Jeden Tag aß ich nun einen Lebkuchen, jeden Tag roch Gab, wenn er nach Hause kam, nach Zigarren und Rum. Seine Drinks schmeckten bitter, fast rauchig, allemal nach den Lebkuchen, dann wieder kratzig-süß. Rum trank er solo, *»con niente«*, sagte er, *»con niente«*, das musst du lernen. Meist nahm er ihn unverdünnt aus den silbernen Röhrchen in der Fabrik. 93-96 Prozent Alkohol. Die Kolibris flatterten, und die Pudel schliefen.

Am Weihnachtsmorgen kehrte Elli schon um zehn Uhr mit dem »Boy« vom Einkaufen zurück, der ihr die Tüten trug. Er war größer als sie und jünger und dünner; Elli gab ihm extra Geld und tat es so, dass jeder es sah. Er half auch, den Weihnachtsbaum auszupacken. Die Plastiknadeln zeigten nach unten, grün, rot und gelb. Am Abend wurde *Stille Nacht, heilige Nacht* gesungen. Wie immer war es nach dem Gewitter wieder heiß, und Vögel, die ich nicht kannte, pfiffen. Ich dachte an den Baum im Garten, den man nicht berühren durfte. Elli öffnete triumphierend – »ihr glaubt nicht, was ich hier habe« – die Blechbüchse. Eine Wand teilte sie in der Mitte. Die rechte Seite war leer, die Lebkuchen auf der linken hatten Schimmel. Elli sagte »shit« –

und so kann man eine Weihnachtsgeschichte nicht beenden, allemal nicht eine schönste, also:

Zwei Jahre später wurde Gab nach Deutschland zu einer Entziehungskur geschickt. Manchmal zitterten seine Arme so schnell, wie die Kolibris mit den Flügeln geschlagen hatten. Elli und er ließen sich scheiden, sie zog zurück in die Kälte, nach Kanada. Ich sah sie erst viele Jahre später wieder, auf einer Dienstreise. Es war November, in Erinnerung an unsere gemeinsame Lebkuchenliebe brachte ich ihr Hirschhornsalz mit. Die Blechbüchse stand in der Küche, wie einst. Neben ihr saß Ellis karibischer Freund. Er war noch immer hager und groß und um vieles attraktiver als sie.

»I saw you eat them. One a day«, sagte er zu mir, und ich verkniff mir zu sagen »and I saw you with her«, oder verkneife es mir hier. Er hätte darüber gelacht und gefragt *»And did you like it?«*, und ich hätte mit ihm Witze über »Elli-Finger-weg« gemacht, aber das ist erneut unmöglich für eine Weihnachtsgeschichte, allemal eine schönste, obwohl es wahr ist und wie die Seiten der Lebkuchen, eine oben und eine unten, eine mit Schokolade und eine aus Teig, wobei man immer zusehen muss, dass man sie rechtzeitig isst, die Lebkuchen und alles andere ebenfalls, aber für eine SW-Geschichte gibt es ein anderes Ende.

Sie ist nämlich nicht zu Ende, eigentlich fängt sie hier erst an, hier, hinter den Aufregungen und lauten Ereignissen und all dem, was ich damals in der karibischen Weihnacht nicht wahrnahm. Die Überstände des Kolonialismus, der alten Machtverhältnisse, das Unglück eines Mannes, der seit 30 Jahren vor seiner deutschen Kindheit und Jugend davonrannte und vor einem Plastikbaum stand oder im Regen. Nichts stimmte auf dieser Insel, nichts wurde geklärt durch die abendlichen Gewitter, und doch waren die Wochen dort überwältigend, reich und gefüllt quollen sie über von Blüten, Vögeln, Sonnenuntergängen, Gerüchen und den zum ersten Mal wie von fern berührten, komplizierten Wahrheiten der Erwachsenen.

Die karibische Weihnacht war die spektakulärste meiner Kindheit, so dass sie mir stets als Erste einfällt, wenn ich an Weihnachten denke. Bin ich aber einmal durch sie hindurch, wird es leiser, und andere Gedanken entstehen.

Erst dann sehe ich, dass das Schönste an Weihnachten Oma war.

Es fällt mir vielleicht so spät erst ein, mit Schwierigkeiten und nach dem lauten Fliegen, weil meine Mutter das nie hätte wahrhaben und zulassen wollen. Wer sich nun denkt, dass diese Oma vermutlich Mutters Schwiegermutter war, trifft ins Schwarze. Oma war ein Weihnachtskind, geboren am zweiten Feiertag, was solange sie lebte bedeutete, dass man an diesem Tag Weihnachten hatte und etwas hinzu. Wir fuhren zu den Großeltern »in die Stadt« mit den vielen Christbäumen in Fenstern, auf Balkonen und Plätzen. Es gab richtige Torte und richtige andere Menschen, nicht Familie, fein gemachte ältere Personen, Omas und Opas Freunde, die, da allesamt aus dem Osten – baltisch, preußisch, sudetisch –, mit weichen, melodiösen Lauten sprachen.

Nach Opas Tod verbrachte Oma die gesamten OW-Tage bei uns. Wenn sie eintraf, begann für mich das Fest. Für Mutter begann der Stress, auch USW genannt (unschönstes Weihnachten). Ich hingegen konnte ab sofort von ihrer bayrischen Kartoffelsuppe zu Streuselkuchen und Klößen fliehen. Und Oma hatte Zeit. Sie und ich spielten ein Spiel, das allen anderen verborgen blieb. Ich war in meiner Herkunftsfamilie das älteste Kind. Meine Eltern waren jeweils jüngste Geschwister gewesen, sie wussten nicht, was es heißt, die Erstgeborene zu sein – mehr noch, sie waren voreingenommen. Oma und Opa hingegen waren selbst älteste Geschwister gewesen. Sie verstanden, wie ich mich fühlte, wenn es wieder hieß, dass ich auf meine Schwester aufpassen oder ihr helfen sollte, mich einlassen auf ihre mich langweilenden Spiele, weil sie die meinen ja noch nicht verstand.

Oma rettete mich. Sie erkannte an, wer ich war. Oft taten wir etwas zusammen, spielten Karten, strickten oder lasen uns etwas vor, sie mir und ich ihr. Es gibt ein Foto, auf dem sie ein Fadenspiel hält und es mir übergibt. Ich bin vielleicht zehn Jahre alt, sie ist Ende siebzig. Wir sitzen zusammen auf dem Sofa, eng nebeneinander, ich zu ihr gedreht, konzentriert wie auch sie. Betrachte ich das Foto, kann ich sie fast noch riechen. Und die Schönheit und der Ernst der Aufgabe stehen vor mir. Meine Finger fühlen die Fäden, die sie mir, fein verschlungen, in die Hände gibt – wie ihre Geschichte, ein Stück ihres Gedächtnisses, ihres In-der-Welt-Seins. Das war hellblau und weiß und Kerzenlicht und eine Ruhe; ein Zusammensein, eine Nähe ohne Worte. Die ich vermisse bis heute. Weil sie Weihnachten waren.

CLAIRE BEYER

## *Die Kutsche*

Beim vorweihnachtlichen Bummel durch das Einkaufszentrum hatte ich mich schon seit einiger Zeit erfolglos durch die Menschenmassen gezwängt, als ich fast zwangsläufig auf die silbern glänzende Kutsche in originaler Größe stieß, die von keiner Richtung zu verfehlen war. Sie wurde, hoch auf dem Kutschbock sitzend, von einem Engelspaar gelenkt, das sich zu Klängen von *Jingle Bells* im Takt wiegte und den Eindruck erweckte, als ob sich das Gespann bewegte. Vor der Deichsel waren hölzerne Pferde gespannt, die echten Tieren verblüffend ähnlich sahen, und im Wagenkasten türmten sich Plüschtiere wie Bären oder Leoparden, aber auch Puppen, Spielzeugautos und kleine Weihnachtsmänner. Schneeflocken aus Wattebäuschen, die in langen Strängen von einem Wolkenhimmel herunterhingen, erzeugten die kitschig weihnachtlich-winterliche Stimmung, auf die das Design des Einkaufszentrums insgesamt ausgerichtet war. Mich aber nahm der Anblick gefangen, denn die Kutsche holte eine Erinnerung in mir hervor, die mich alles ringsherum vergessen ließ. Die Erinnerung an das schönste Weihnachtsfest, das ich je als Kind erleben durfte. Und vielleicht nicht nur als Kind.

Es war die Zeit, als wir nach glücklosen Geschäften unseres Vaters bei meinem Großvater untergekommen waren. In seinem Haus wies er meinen Eltern zwei enge Zimmer im Dachgeschoss zu. Es war stickig unter dem

Dach, und wir vier Kinder mussten uns einen Raum teilen. Ich aber erlebte weder die beengte Wohnsituation noch die gesamten Umstände des Ortswechsels als belastend und durfte mich im Haus und auf dem Grundstück der Großeltern ungehindert bewegen. Es gab überall etwas zu entdecken, und alles war frei zugänglich. Nur ein Ort blieb tabu. Eigentlich war es nicht der Ort, sondern das Objekt, das dort stand. *Die Kutsche!* Sie war in der gemauerten Scheune untergebracht und hatte mehr Platz für sich als wir vier Enkelkinder in unserem Zimmer. Wir waren am ersten Ferientag eingezogen, und ich erinnere mich, dass Großvater auf dem Hof neue Gummiräder an das Fahrwerk der Kutsche montierte. Die Reifen bräuchten mehr Profil, damit er Touristen – die damals noch Fremde genannt wurden – auf den Hausberg fahren könne. Denn zum Laufen seien diese Fremden zu faul oder zu kurzatmig oder beides zusammen. Dennoch sollten sie ihre gekauften Plätze nicht noch mit jemandem teilen müssen, war Großvaters Antwort, als ich fragte, ob ich mal mit ihm fahren dürfe.

Die Kutsche, oder wie sie Großvater nannte, der Zweispänner, wurde von Severin und Beppi gezogen. Arrogante Kaltblüter, die wir jeden Morgen noch vor Schulbeginn striegeln mussten, als ob sie über Nacht eine Ladung Staub abbekommen hätten. Und auch die Hufe mussten wir auskratzen, wobei Beppi so kitzelig war, dass er ständig nach uns trat. Severin war freundlicher und schnaubte uns oft vor Wohlbehagen ins Ohr.

Als die Touristen kamen und in die Fremdenzimmer des Hauses zogen, änderte sich meine Einstellung allerdings schleichend ins Unzufriedene. Heute kann ich dieses Gefühl als Neid bezeichnen, damals fand ich es einfach nur ungerecht, dass wir unter dem Dach und die Gäste in den großen, hellen Zimmern leben durften. Auch die Kutsche verlor ihre Anziehungskraft!

*Pordoo! Die Farbe der Kutsche ist Pordoo!* Lina, das Hausmädchen, bestand darauf, dass die glänzenden Flanken der Kutsche nicht in schlichtem Weinrot, sondern *bordeauxfarben* glänzten. Vor jeder der nun fast täglich stattfindenden Ausfahrten kam sie mit einem Wolllappen angerannt und wischte über die polierte Fläche. Erst wenn sie sich darin spiegeln konnte, durfte der Großvater mit einem Schnalzer die Pferde auf Trab bringen.

Manchmal rannten wir der Kutsche hinterher, doch Severin und Beppi ließen das nicht auf sich sitzen. Sie zogen das Tempo an, und wir hatten das Nachsehen. Als wir dann atemlos auf dem Hausberg eintrafen, war *die gute Decke* längst auf der Almblumenwiese ausgebreitet und Großvater holte den gefüllten Korb hervor, packte belegte Brote, Limonade und Gläser aus. Die Fremden griffen hungrig zu, als hätten sie einen strammen, siebenstündigen Marsch hinter sich, und auch Beppi und Severin wurden abgespannt und durften grasen. Dass sie dabei von den Kühen angeglotzt wurden, die sich gestört fühlten und wütend mit ihren Glocken schlugen, interessierten weder Severin noch Beppi. Eine derart saftige Mahlzeit wollten sie sich nicht von Kühen verderben lassen. Pferde standen, so ihr Gebaren, in der Nahrungskette weit über dem Hornvieh.

Wir Geschwister, zwei Mädchen und ein Junge, beobachteten die Gäste aus sicherer Entfernung. Dabei weckten die Lackschuhe mit glatten Sohlen und die gekringelten Söckchen mit Spitzenrand immer mehr unser Interesse. Solche Schuhe hatten wir noch nie gesehen. Vater hatte auch immer gestöhnt, wenn wir wieder einmal zu kräftig gewachsen waren und er mit uns zum Schuster musste. Für ein paar schwarze Lackschuhe hätte ich alles getan. Sogar die Kutsche gezogen, aber auf so ein Wunder brauchte ich erst gar nicht zu hoffen. Zwiegenähte Stiefel, hart wie ein Amboss und ohne wärmendes Innenfutter, so sah mein Schuhwerk aus. Blasen und Abschürfungen an den Knöcheln waren ständige Begleiter, und erst nach Wochen schmerzender Tragezeit wurde es besser.

Den Gästen galt die ganze Aufmerksamkeit der Großeltern. Wie hätte ich als Kind verstehen sollen, dass sie das Einkommen der Familie sicherten, wenn die Ernte wieder einmal zu schlecht ausgefallen war, ja, dass sie sogar den Wohlstand in unsere Gegend brachten? Ich sah nur, die Fremden bekamen jeden Tag die frischen Eier unserer fleißigen Hühner, den Speck unserer Schweine, die für sie geschlachtet wurden, die Marmelade, die aus den Früchten gekocht war, die wir gesammelt hatten. Und der Gipfel war, dass meine Mutter jeden Tag Weißbrot buk, das wir nur an Ostern zu essen bekamen. Jeder Brotzeitkorb, den Großvater an den Rand der Decke stellte, enthielt Dinge, die wir noch nicht einmal an Weihnachten oder Ostern bekamen. Trauben zum Beispiel. Dicke grün-gelbe Trauben aus Meran, Bananen und rotbackige Äpfel, Semmeln und milchweiße Butterstücke,

Salami und Käse, so groß wie Kuchenstücke. Und meist pickten die Gäste nur in all den Köstlichkeiten herum, vermissten dies und jenes und es kam kein *Vergeltsgott* über ihre Lippen.

Uns Kindern, hinter Bäumen und Büschen versteckt, lief das Wasser im Mund zusammen, und wir waren uns einig, dass die Feriengäste dorthin sollten, wo der Pfeffer wächst! An diesen Ort wurde alles verbannt, was unserer Meinung nach wegmusste. Dass unser Bruder eines Tages Gewürzhändler werden sollte, war eine Laune des Schicksals. Seine Schwärmereien für Südindien, Madagaskar, Sri Lanka oder Brasilien erinnerte uns bei jedem späteren Zusammentreffen kopfschüttelnd an die Entbehrungen und unseren Zorn auf die Gäste. Diese kamen aus Berlin oder Hamburg, aus Frankfurt oder Hannover und redeten viel und viel zu schnell. *Ach Gottchen, mein Gott ist das entzückend, du lieber Gott, ist das überwältigend …* Unter dem Herrgott ging es nicht.

Aber dort auf der *guten Decke* saßen sie, fächerten sich die würzige Landluft zu und löcherten den Großvater mit Fragen. Ob er alle Berge schon bestiegen hätte. Sie hatten doch keine Ahnung, wann er das hätte machen sollen? Er fuhr Tag für Tag die Gäste durch die Gegend, mähte zwischendurch die Wiesen, hob das gemähte Gras auf *Huinzen,* damit es trocknete, nahm das Heu schließlich auf seine Schultern und trug es zur Scheune, wo er es unter dem Dach verstaute. Er sorgte für Holz, und er sorgte für die Tiere. Beim Abendessen sprach er das Tischgebet, wobei er nie vergaß, den Herrgott um Gäste zu bitten, wenn es möglich sei, nicht so viele *Preißn,* weil die zu viel redeten.

Als nach den großen Ferien die Schule wieder begann, riss der Strom der Feriengäste ab und die Kutsche wurde wieder in die Scheune gestellt und mit Planen abgedeckt. Lina wusch die *gute Decke* und verstaute sie mit einem Stück Lavendelseife im Schlafzimmerschrank der Großeltern. Severin und Beppi durften auf die Koppel und ihrerseits die arbeitsfreie Zeit genießen. Das galt nicht für uns. Wir sammelten Obst und Nüsse und mussten der Großmutter beim Einwecken helfen. Riesige Töpfe mit Zwetschgen und Kirschen von der Obstwiese. Auch Gemüse aus dem Garten wurde eingekocht. Die Vorratskammer füllte sich wieder. Wenn dann das Obst getrocknet wurde, wussten wir, zur Adventszeit war es nicht mehr lange. Aus dem Trockenobst zauberte Lina ein Früchtebrot mit Nüssen. Zuckersüß und fruchtig, auch weil sie Zitronat und Orangeat daruntermischte. Die kleinen Laibe durften sich in der kühlen Speisekammer ausruhen und wurden von uns Kindern begehrlich beäugt. Nach und nach kamen Ausstecherle, Zimtsterne, Spekulatius und Vanillekipferl dazu. Spätestens da zog die Großmutter den Schlüssel zur Speisekammer ab, und nicht einmal Großvater durfte sie betreten. Wir Kinder bekamen die neuen Schuhe, und das Herumtollen im Schnee versöhnte uns mit dem harten Leder. Wenn Beppi vor den Hornschlitten gespannt wurde, wussten wir, jetzt wird der Weihnachtsbaum geschlagen. Wir durften auf dem riesigen Schlitten, eingehüllt in kratzige Pferdedecken, mitfahren, doch es kam uns vor, als wären wir Königskinder. Mit dem schönsten Baum des ganzen Waldes trabte Beppi gemächlich zurück, und nicht selten rächte sich eine verschmähte Tanne mit einer Ladung

Schnee auf unseren Kopf, wenn wir unter ihr hindurch fuhren.

Zu dieser Zeit hatte Großvater längst wieder neue Figuren für die Krippe geschnitzt. In diesem Jahr kamen Severin und Beppi dazu, auch unser bestes Legehuhn Hanni. Aber weil nichts mehr zu tun war, schnitzte er noch eine langhalsige Giraffe, einen Kakadu mit Federkrone und eine kleine Mäusefamilie. Obwohl Großmutter protestierte, weil sie darin keine christliche Tradition erkennen konnte, stellte sich der Großvater quer. Wenn Gott diese Tiere erschaffen habe, dürften auch sie in die Krippe. Und so wurde es gemacht. Wir Kinder konnten uns nicht daran sattsehen, und Opa stand sichtlich stolz hinter uns, während die Großmutter noch immer haderte. Aber bald vergaß sie ihren Ärger. Sie arbeitete von früh bis spät. Gemeinsam mit unserer Mutter und Lina wurde das gesamte Haus geputzt, die Vorhänge wurden gewaschen, die Betten neu bezogen, und als wäre das noch nicht genug, schloss sie sich am Abend in der Nähstube ein. Unsere kleine Schwester war wie schon im Jahr zuvor unglücklich, weil ihre Puppe plötzlich verschwunden war, und wir konnten sie nur damit trösten, dass das Christkind sie geholt habe und an Heiligabend zurückbringen würde.

Es war wie immer. Und doch wurde dieses Weihnachtsfest ein ganz besonderes.

Der Heilige Abend stand bevor. Wir Kinder wurden in unser Zimmer geschickt, Lina musste als Wachposten davor ausharren. Ein Getrappel vom Schlafzimmer in die Stube deutete auf ein reges Tun, aber wir hörten kaum hin, denn wie immer knieten wir auf der Bank vor dem Fenster, um einen Blick auf das Christkind zu erhaschen. Eisblumen verhinderten die freie Sicht, die Scheiben waren von innen und von außen beschlagen. Wir taten unser Bestes, um die zähen Gebilde abzukratzen. Aber es war zu spät, denn mitten hinein erklang die kleine Glocke, das Zeichen für uns, in die Stube zu gehen. Dort stand unser schöner Baum geschmückt wie zu seiner Hochzeit. Vater hatte seine Gitarre hervorgeholt und die Großmutter ihr Knopfakkordeon. Sie stimmten ein Weihnachtslied an, dann noch eins und erst nach der *Stillen Nacht* legten sie die Instrumente zur Seite. Während Großvater die Weihnachtsgeschichte las, suchten unsere Augen die Geschenke. Wir wussten, es gab sie erst nach der Mette. Eines für jedes Kind. Auch die Puppe unserer kleinen Schwester, hoffte ich. Unsere Wünsche würden wie immer zwar nicht in Erfüllung gehen, aber das machte nichts. Wir würden uns trotzdem freuen, auch wenn es nicht die Schlittschuhe waren oder die Eisenbahn. Was die Eltern oder unsere Großmutter vom Christkind bekommen würden, auch das blieb noch ein Geheimnis. Dann setzten wir uns an den Tisch, der liebevoll mit Tannenreisig geschmückt war.

Spät brachen wir zur Christmette auf. Der Großvater war schon seit einer Weile verschwunden, wir dachten, dass er noch eine Pfeife rauchen wollte, doch so war es nicht. Als wir vor die Tür traten, stand die Kutsche da. Statt der Räder war das Fahrgestell mit Kufen versehen worden. Severin und Beppi waren schon eingespannt, und mir kam es vor, als würde mir Beppi zuzwinkern, vielleicht hatte er auch nur eine dicke Schneeflocke weggedrückt, die sich auf seine Wimpern gesetzt hatte. Fackeln steckten in der Halterung und flackerten heftig im Wind. Großvater öffnete die bordeauxfarbige Klappe und half zunächst unserer Großmutter in das Gefährt. Dort lagen, liebevoll ausgebreitet, weiche, warme Lammfelle. Meine Mutter stieg ein und dann wir Kinder. Lina zuletzt. Unser Bruder saß mit Vater und Großvater auf dem Kutschbock. Niemand sprach, und die Pferde zogen an. Sogleich waren Glöckchen zu hören, die das Kummetgeschirr zierten. Großvater lenkte das Gespann die Dorfstraße entlang, leitete es an der Schule vorbei zum gefrorenen Dorfweiher und schließlich zur Kirche. Drinnen war es bedrückend eng, aber das störte mich nicht, denn meine Gedanken waren so angeregt, sie brauchten nur den Platz über den Köpfen. Und dort versammelten sie sich. Die erste Kutschfahrt, kicherten sie, in der *pordoo*farbigen Kutsche. Mochten die Fremden im Sommer noch so oft und so lange damit herumgefahren sein, diese Fahrt zur Kirche, im Schnee mit Fackeln und Glöckchen werden sie niemals erleben. Die ist nur für uns, sagten mir die Gedanken und ich holte sie wieder zu mir, denn die Christmette war zu Ende. Auf der Heimfahrt redeten wir alle durcheinander, lachten und sangen. Und dann ging die Fahrt über mondhelle, tief verschneite Straßen ins Nachbardorf. Großvater drehte sich zu uns um, als wir dort angekommen waren. Wir sahen, dass er seine Pfeife im Mund hatte, und freuten uns, weil die Kutschfahrt noch länger andauern würde. An einer Kreuzung bogen wir in eine Seitenstraße ab, und das Gefährt hielt vor einem hell erleuchteten, schindelgedeckten Bauernhaus. Großvater stieg bedächtig vom Kutschbock und breitete seine Arme aus. *Das ist,* sagte er feierlich, *euer neues Zuhause.*

Ich drückte mich und meine kleine Schwester ganz fest in die weichen Lammfelle, und in diesem Moment war es, als würde uns die Kutsche umarmen.

JUTTA RICHTER

## *O du fröhliche!*

Am Nachmittag des Heiligen Abends fängt es wie bestellt an zu schneien. Dicke Watteflocken zuerst, dann Puderzucker, und es ist so kalt, dass der Schnee liegenbleibt.

Im Radio träumt Bing Crosby zum ichweißnichtwievielten Mal von der weißen Weihnacht, und die Jinglebells klingeln anschließend, als ginge es um den Weltrekord im Pizzicatoläuten.

Ich sitze am Küchentisch und klebe mit Zuckerguss die letzten Smarties ans Hexenhaus, während Karsten im Wohnzimmer den Tannenbaum schmückt.

Meinst du, mit Zoe ist alles in Ordnung? Ich bin doch ein bisschen unruhig …

Quatsch, antwortet Karsten, die ist bei Fred und Linda bestens aufgehoben. Außerdem kommen die sowieso um sechs!

Wenn du meinst!, seufze ich. Nimm aber ordentlich Lametta! Das füllt!

Ja, ja, kümmer du dich um dein Hexenhaus!, brummt Karsten. Ich mach das schon!

*Jinglebells, jinglebells, jingle all the way …*

So richtig Weihnachten im Radio, und das Merkwürdige ist, dass einem bei diesen Liedern so anders wird, so nach Heulen. Und Hunger kriegt man auch. Das Fest der Familie. Kerzen und Lametta und silberne Kugeln. Und wir warten aufs Christkind. Die ganze Welt im Weihnachtstaumel. Überall knistert das Geschenkpapier zur selben Zeit. Wahnsinn, und ich erinnere mich, wie ich mit fünf die Krankenschwesterausrüstung aus Plastik mit Stethoskop, Skalpell und Häubchen gekriegt habe, und weil das Plastikskalpell nicht scharf genug war, in die Küche geschlichen bin, das Schälmesser aus der Schublade genommen und Klaus' Teddy den Bauch aufgeschlitzt habe. Jede Menge Sägespäne auf dem Teppich, und dann kam Mama rein und der Heilige Abend war gelaufen.

Eigentlich war Weihnachten jedes Mal die größte Enttäuschung des Jahres.

Wochenlang Vorfreude. Adventskalender klappen und Strohsterne basteln. Und dann fünf Minuten Kribbeln beim Geschenkeauspacken, und dann war die Luft raus, und der Fernseher lief und die Flasche Riesling stand auf dem Tisch. Und natürlich kein Mensch, mit dem man spielen konnte. Lena Sulat und Martina Tiemann saßen in ihren Sonntagskleidern hinter verschlossenen Wohnungstüren. Da kannst du heute nicht hingehen, Kind, heute ist Weihnachten, da bleibt man zu Hause. Und Lehrer Henke hatte das übliche Waisenkind aus dem Kinderheim »Zum guten Hirten« geholt. Auch Waisenkinder brauchen eine Bescherung. Und das Waisenkind durfte bei Lehrer Henke auf der Couch übernachten und wurde vollgestopft mit Marzipanbroten. Sie glauben ja gar nicht, wie ein solches Kind sich freuen kann, Frau Wienert. Kinderhand ist leicht gefüllt. Und nie habe ich das Waisenkind gesehen. Sosehr ich auch den Hals gereckt habe im Hochamt am Weihnachtstag. Das Waisenkind hatte sich so klein gemacht, dass es unter der Holzbank verschwunden war. Lehrer Henke saß in der zweiten Reihe rechts, dann kam eine Lücke, die Waisenkindlücke, dann seine Frau. Und ich habe von ganz hinten den Hals gereckt und nur die Lücke gesehen.

Ich klebe das letzte Smartie an, dann stehe ich auf und gehe rüber zu Karsten.

Der Baum steht schief!

Hör bloß auf, flucht Karsten, den kann man nicht gerade hinstellen. Überhaupt 'ne Sauerei, dafür dreißig Euro zu nehmen! Aber du wolltest ja den und keinen andern.

Lass man gut sein, sage ich, von der Seite sieht man's nicht. Aber sei nicht so sparsam mit dem Lametta. Damit kriegste die Löcher zu.

Mach's doch selber, knurrt Karsten und lässt sich aufs Sofa fallen. Er setzt die Bierdose an den Hals.

Die wievielte ist das?

Die fünfte, sagt Karsten. Scheißweihnachten!

Denk doch wenigstens an das Kind!

Egal, sagt Karsten, ich wünschte, wir hätten's hinter uns.

Du kannst einem die ganze Stimmung verderben. Ich hab mich so angestrengt, Kartoffelsalat, das Hexenhaus und, und, und, und jetzt hast du schlechte Laune. Kuck doch mal raus, wie das schneit.

Das is' es ja eben, sagt Karsten. Und morgen zu deinen Eltern …

Um sechs habe ich den Tisch gedeckt. Um sechs kommt Karsten im dunklen Flanellanzug mit Weste aus dem Badezimmer. Um sechs schellt es an der Haustür. Und Schulze kläfft.

Da sind sie! Zünde die Kerzen an, Karsten Krause!

Von drauß' vom Walde komm ich her, trompetet Fred. Fröhliche Weihnachten!

Zoe rennt die Treppe rauf.

Linda stellt den Kinderwagenaufsatz im Flur ab und pellt Benjamin aus dem Schneeanzug.

Geh bloß nicht ins Wohnzimmer, Zoe, rufe ich. Da ist das Christkind drin!

Linda trägt Benjamin und Fred zwei Plastiktüten, in denen es verdächtig klötert.

Bist du fertig geworden, fragt Linda.

Klaro, sage ich.

Und dann klingelt das Glöckchen, und ich stoße die Zimmertür auf und gebe Zoe einen kleinen Schubs. »Stille Nacht, heilige Nacht« singen die Wiener Sängerknaben. Und Zoe ist völlig fertig, steht wie angewurzelt mitten im Wohnzimmer und Linda lehnt sich an Freds Schulter und ich fange an zu heulen.

Also das muss man euch lassen, sagt Fred, die Kulisse ist perfekt. Das geht ja richtig ans Gemüt.

Nicht, schluchze ich, das ist richtig wie Weihnachten, wie früher, ich kann gar nicht aufhören zu heulen!

Soll ich's Licht anmachen, fragt Karsten.

Bloß nicht!, sagt Linda.

Und dann entdeckt Zoe den riesigen Teddybären, der neben dem Tannenbaum auf dem Fußboden sitzt, und ruft: Teddy! Und läuft hin.

Ich putze mir die Nase.

Jetzt brauch ich aber was zu trinken!

Momentchen, sagt Karsten, und der Sektkorken knallt. Fröhliche Weihnachten!

Mein Gott, sagt Fred, was sind wir für Spießer.

Er hält die Kamera hoch.

Das muss festgehalten werden, für die Nachwelt. O du fröhliche …

TRUMAN CAPOTE

# *Weihnachten mit Vater*

*Für Gloria Dunphy*

Zunächst ein kurzes autobiografisches Vorwort. Meine Mutter, die außergewöhnlich intelligent war, war das schönste Mädchen in Alabama. Alle sagten das, und es stimmte; und als sie sechzehn war, heiratete sie einen achtundzwanzigjährigen Geschäftsmann, der aus einer guten Familie in New Orleans kam. Die Ehe dauerte ein Jahr. Meine Mutter war zu jung, um eine Mutter oder eine Ehefrau zu sein; sie war auch zu ehrgeizig – sie wollte aufs College gehen und einen Beruf ausüben. Also verließ sie ihren Mann; und was mich selbst anbelangte, so übergab sie mich der Obhut ihrer großen Familie in Alabama.

Im Laufe der Jahre sah ich den einen oder den anderen Elternteil nur selten. Mein Vater war in New Orleans beschäftigt, und meine Mutter machte nach dem College-Abschluss in New York Karriere. Soweit es mich betraf, war das kein unangenehmer Zustand. Ich war glücklich, da, wo ich war. Ich hatte viele nette Verwandte, Tanten und Onkel und Vettern und Kusinen, insbesondere *eine* Verwandte, eine ältere, weißhaarige, leicht verkrüppelte Frau namens Sook. Miss Sook Faulk. Ich hatte noch andere Freunde, aber sie war bei weitem meine beste Freundin.

Sook war diejenige, die mir vom Weihnachtsmann erzählte, seinem wallenden Bart, seinem roten Gewand, seinem klingelnden Schlitten voller Geschenke, und ich glaubte ihr, so wie ich auch glaubte, dass alles der Wille

Gottes war, oder des Herrn, wie Sook ihn immer nannte. Wenn ich mir die Zehe anstieß oder vom Pferd fiel oder am Bach einen ordentlichen Fisch fing – kurz, ob gut oder schlecht, alles war der Wille des Herrn. Und das sagte Sook auch, als sie die beängstigende Nachricht aus New Orleans erhielt: Mein Vater wollte, dass ich dorthin kam und Weihnachten bei ihm verbrachte.

Ich weinte. Ich wollte nicht fahren. Ich hatte noch nie das kleine, abgelegene Dorf in Alabama verlassen, das von Wäldern und Farmen und Flüssen umgeben war. Ich war noch nie schlafen gegangen, ohne dass Sook mir mit den Fingern durch das Haar fuhr und mir einen Gutenachtkuss gab. Außerdem hatte ich Angst vor Fremden, und mein Vater war ein Fremder. Ich hatte ihn einige Male gesehen, erinnerte mich aber nur dunkel an ihn; ich hatte keine Ahnung, wie er war. Aber wie Sook sagte: »Es ist der Wille des Herrn. Und wer weiß, Buddy, vielleicht siehst du dort Schnee.«

Schnee! Bis ich selbst lesen konnte, las Sook mir viele Geschichten vor, und in fast allen schien eine Menge Schnee vorzukommen. Rieselnde, glitzernde, fabelhafte Flocken. Das war etwas, wovon ich träumte; etwas Magisches und Mysteriöses, das ich unbedingt sehen und fühlen und anfassen wollte. Natürlich hatte ich noch nie Schnee erlebt, genauso wenig wie Sook; wie sollten wir auch, wenn wir in einer heißen Gegend wie Alabama lebten? Ich weiß nicht, wie sie darauf kam, dass ich in New Orleans Schnee sehen würde, denn New Orleans ist sogar noch heißer. Egal. Sie versuchte nur, mir Mut zu machen, bevor es auf die Reise ging.

Ich bekam einen neuen Anzug. Am Revers war ein Zettel mit meinem Namen und meiner Adresse befestigt. Für den Fall, dass ich mich verirrte. Ich musste nämlich alleine reisen, wissen Sie. Mit dem Bus. Nun, alle dachten, dass mir mit meinem Schildchen nichts passieren konnte. Alle außer mir. Ich hatte eine Todesangst; und eine Stinkwut. War aufgebracht über meinen Vater, diesen Fremden, der mich zwang, mein Zuhause zu verlassen und an Weihnachten von Sook getrennt zu sein.

Es war eine Reise von vierhundert Meilen, so ungefähr. Mein erster Halt war in Mobile. Dort stieg ich in einen anderen Bus und fuhr ewig und noch länger durch Sumpfland und an Küsten entlang, bis wir in einer lauten Stadt ankamen, in der überall Straßenbahnen klingelten und die voller gefährlicher, fremdländisch aussehender Menschen war.

Das war New Orleans.

Und plötzlich, als ich aus dem Bus stieg, riss mich ein Mann in seine Arme, drückte mir fast die Luft ab; er lachte, er weinte – ein großer, gut aussehender Mann, der lachte und weinte. Er sagte: »Kennst du mich nicht mehr? Kennst du deinen Daddy nicht mehr?«

Ich war sprachlos. Ich sagte kein Wort, bis wir schließlich in einem Taxi saßen, und ich fragte: »Wo ist er?«

»Wer denn?«

»Der Schnee.«

»Welcher Schnee?«

»Ich dachte, es gibt hier viel Schnee.«

Er sah mich seltsam an, dann lachte er. »In New Orleans hat es noch nie Schnee gegeben. Nicht dass ich wüsste. Aber horch mal. Hörst du den Donner? Es wird bestimmt regnen!«

Ich weiß nicht, was mir mehr Angst machte, der Donner, das zischende Zucken der Blitze, das folgte – oder mein Vater. Als ich an dem Abend zu Bett ging, regnete es noch immer. Ich sprach mein Nachtgebet und betete, dass ich bald wieder daheim bei Sook sein würde. Ich wusste nicht, wie ich jemals einschlafen sollte, ohne dass Sook mir einen Gutenachtkuss gab. Ich konnte tatsächlich nicht einschlafen, und so begann ich mir zu überlegen, was mir der Weihnachtsmann bringen würde. Ich wünschte mir ein Messer mit Perlmuttgriff. Und ein Puzzle mit vielen Teilen. Einen Cowboyhut mit dem dazugehörenden Lasso. Und ein Luftgewehr, um Spatzen zu schießen. (Jahre später, als ich dann ein Luftgewehr hatte, schoss ich eine Spottdrossel und eine Virginische Wachtel, und ich werde nie vergessen, welche Reue ich empfand, welchen Kummer; ich habe nie wieder etwas getötet, und jeden Fisch, den ich fing, habe ich wieder ins Wasser geworfen.) Und ich wünschte mir einen Kasten Buntstifte. Und vor allen Dingen ein Radio, aber ich wusste, dass das unmöglich war: Ich kannte keine zehn Personen, die ein Radio hatten. Sie dürfen nicht vergessen, dass das während der Wirtschaftskrise war, und unten in den Südstaaten waren Häuser mit Radios oder Kühlschränken eine Rarität.

Mein Vater hatte beides. Er schien alles zu haben – ein Auto mit einem Klappsitz hinten, ganz zu schweigen von dem hübschen alten rosa Haus im French Quarter mit schmiedeeisernen Balkons und einem versteckten Innenhof voll bunter Blumen und einem Kühle verbreitenden Brunnen in der Form einer Meerjungfrau. Und er hatte ein halbes Dutzend, sagen wir lieber ein ganzes

Dutzend Freundinnen. Genau wie meine Mutter hatte auch mein Vater nicht wieder geheiratet; aber sie hatten beide hartnäckige Verehrer und Verehrerinnen und traten schließlich, bereitwillig oder nicht, doch wieder vor den Traualtar – mein Vater sogar sechsmal.

Sie sehen also, dass er ein einnehmendes Wesen gehabt haben muss; und tatsächlich schien er die meisten Menschen für sich einzunehmen – alle außer mir. Der Grund war, dass er mich so furchtbar in Verlegenheit brachte, mich ständig mitschleppte, damit ich seine Freunde kennenlernte, von seinem Bankier bis hin zu dem Friseur, der ihn jeden Tag rasierte. Und natürlich seine sämtlichen Freundinnen. Und das Schlimmste daran: Die ganze Zeit drückte er mich und küsste mich ab und gab mit mir an. Mir war das furchtbar peinlich. Schon allein deshalb, weil es nichts gab, womit man hätte angeben können. Ich war ein typischer Junge vom Land. Ich glaubte an Jesus und sprach brav meine Gebete. Ich wusste, dass es den Weihnachtsmann gibt. Und daheim in Alabama trug ich, außer um in die Kirche zu gehen, nie Schuhe, ob Winter oder Sommer.

Es war die reinste Tortur, in diesen fest geschnürten, höllisch heißen, bleischweren Schuhen durch die Straßen von New Orleans geschleift zu werden. Ich weiß nicht, was schlimmer war – die Schuhe oder das Essen. Daheim war ich Brathähnchen und Kohl und Wachsbohnen und Maisbrot und andere tröstliche Dinge gewohnt. Aber die Restaurants in New Orleans! Ich werde nie meine erste Auster vergessen, es war, als schlittere ein böser Traum meine Kehle hinunter; es dauerte Jahrzehnte, ehe ich wieder eine aß. Und was die scharfe kreolische

Küche betraf – schon bei dem Gedanken daran bekomme ich Sodbrennen. Nein, Herrschaften, ich sehnte mich nach weichen Brötchen frisch aus dem Backofen und nach Milch direkt von der Kuh und selbst gemachtem Sirup gleich aus dem Eimer.

Mein armer Vater hatte keine Ahnung, wie unglücklich ich war, zum einen, weil ich mir nichts anmerken ließ, ihm ganz bestimmt nichts davon sagte; zum anderen, weil er es, trotz des Protests meiner Mutter, bewerkstelligt hatte, über Weihnachten ausnahmsweise das Sorgerecht für mich zu bekommen.

So sagte er: »Mal ehrlich. Möchtest du nicht gern hier bei mir in New Orleans leben?«

»Ich kann nicht.«

»Was heißt, du kannst nicht?«

»Ich vermisse Sook. Ich vermisse Queenie; das ist unser kleiner Terrier, ein komischer kleiner Hund. Aber wir haben sie sehr lieb.«

Er sagte: »Und mich hast du nicht lieb?«

Ich sagte: »Doch.« Aber in Wahrheit hatte ich, abgesehen von Sook und Queenie und ein paar Verwandten und einem Foto meiner wunderschönen Mutter neben meinem Bett, keine richtige Vorstellung, was Liebe eigentlich ist.

Ich fand es bald heraus. Als wir am Tag vor Weihnachten durch die Canal Street gingen, blieb ich plötzlich abrupt stehen, wie hypnotisiert von einem Wunderding, das ich im Schaufenster eines großen Spielwarengeschäfts entdeckte. Es war ein wirklichkeitsgetreues Flugzeug und so groß, dass man sich hineinsetzen und es wie ein Fahrrad mit Pedalen fortbewegen konnte. Es war grün und hatte einen roten Propeller. Ich war überzeugt, dass es, wenn man schnell genug in die Pedale trat, in die Luft steigen und fliegen würde! Also das wäre wirklich toll! Ich konnte meine Verwandten schon unten auf der Erde stehen sehen, während ich zwischen den Wolken herumflog. Und auch noch grün! Ich musste lachen; konnte nicht aufhören zu lachen. Es war das erste Mal, dass ich etwas tat, was meinen Vater zuversichtlicher dreinblicken ließ, obwohl er nicht wusste, was ich so komisch fand.

An dem Abend betete ich, dass mir der Weihnachtsmann dieses Flugzeug brachte.

Mein Vater hatte schon einen Weihnachtsbaum gekauft, und wir verbrachten längere Zeit in einem Kaufhaus, um auszusuchen, womit wir ihn schmücken wollten. Dann beging ich einen Fehler. Ich legte ein Foto meiner Mutter unter den Baum. Sobald mein Vater es sah, wurde er blass und begann zu zittern. Ich wusste nicht, was ich tun sollte. Aber er. Er ging zu einem Schränkchen und holte ein hohes Glas und eine Flasche heraus. Ich kannte die Flasche, weil alle meine Onkel in Alabama viele solcher Flaschen hatten. Geschmuggelter Schnaps, denn es war während der Prohibition. Er füllte das hohe Glas und leerte es praktisch in einem Zug. Danach war es, als ob das Bild nicht mehr da wäre.

Und so wartete ich ungeduldig auf Heiligabend und das immer wieder aufregende Erscheinen des dicken Weihnachtsmanns. Natürlich hatte ich noch nie einen schwer bepackten, klingelnden, schmerbäuchigen Riesen durch den Kamin herunterplumpsen und fröhlich seine reichen Gaben unter den Weihnachtsbaum legen sehen. Mein Vetter Billy Bob, der ein mieser kleiner Wicht war, aber einen Verstand wie eine Faust aus Eisen hatte, sagte, das sei ausgemachter Quatsch, den Weihnachtsmann gebe es gar nicht.

»So ein Blödsinn!«, sagte er. »Wer an den Weihnachtsmann glaubt, der glaubt auch, dass ein Maultier ein Pferd ist.« Der Streit fand auf dem kleinen Platz vor dem Gerichtsgebäude statt. Ich sagte: »*Es* gibt *den Weihnachtsmann, weil das, was er macht, der Wille des Herrn ist, und was der Wille des Herrn ist, ist die Wahrheit!*« Billy Bob spuckte nur aus und zog ab: »Tja, anscheinend haben wir einen Pfaffen in der Familie.«

Ich schwor mir immer, an Heiligabend nicht einzuschlafen, denn ich wollte die tänzelnden Hufe der Rentiere auf dem Dach hören und unten am Kamin stehen und dem Weihnachtsmann die Hand schütteln. Und an dem Heiligabend, von dem ich hier berichte, erschien mir nichts leichter, als wach zu bleiben.

Das Haus meines Vaters hatte drei Stockwerke und sieben Zimmer, mehrere davon riesig, insbesondere die drei, die in den Innenhof führten: ein Salon, ein Esszimmer und ein Musikzimmer für die, die gern tanzten und Karten spielten. Die beiden Stockwerke darüber waren mit zierlichen Balkons versehen, durch deren dunkelgrüne schmiedeeiserne Geländer sich Bougainvilleen und wehende Ranken scharlachroter Spinnenorchideen schlangen – Letztere eine Pflanze, die aussieht, als würden Eidechsen ihre roten Zungen hervorschnellen lassen. Es war die Art von Haus, die am besten durch lackierte Fußböden und etwas Korbgeflecht hier, etwas Samt da zur Geltung kommt. Man hätte es für das Haus eines reichen Mannes halten können; aber eigentlich war es das Heim eines Mannes mit einem Drang nach Eleganz. Für einen armen (aber glücklichen) barfüßigen Jungen aus Alabama war es ein Rätsel, wie mein Vater es schaffte, dieses Verlangen zu befriedigen.

Aber es war kein Rätsel für meine Mutter, die nach dem College-Abschluss ihren ganzen Südstaaten-Charme und all ihre Magnolien-Reize einsetzte, um in New York den passenden Mann zu finden, der sich Apartments am Sutton Place und Zobelmäntel leisten konnte. Nein, die Geldquellen meines Vaters waren ihr bekannt, obwohl sie erst Jahre später darüber sprach, nachdem sie längst meterweise Perlenschnüre für ihren in Zobel gehüllten Hals erworben hatte.

Sie war mich in einem versnobten Internat in New England besuchen gekommen (wo mein Schulgeld von ihrem reichen und großzügigen Ehemann bezahlt wurde), und ich sagte etwas, das sie in Rage brachte; sie schrie: »Du weißt nicht, wovon er so gut lebt? Jachten chartert und durch die griechische Inselwelt kreuzt? Von seinen *Weibern*! Du hast sie doch selbst gesehen. Alles Witwen. Alle reich. *Sehr* reich. Und alle viel älter als er. Zu alt, als dass irgendein normaler junger Mann sie heiraten würde. Darum bist du sein einziges Kind. Und darum werde ich nie wieder ein Kind bekommen – ich war zu jung, um Kinder zu bekommen, aber er war ein Rohling, er hat mich kaputt gemacht, er hat mich zugrunde gerichtet ...«

*Just a gigolo, everywhere I go, people stop and stare ... Moon, moon over Miami ... This is my first affair; so please be kind ... Hey, mister, can you spare a dime? ... Just a gigolo, everywhere I go, people stop and stare ...*

Während sie sprach (und ich nicht hinzuhören versuchte, denn indem sie mir sagte, dass meine Geburt ihr Leben ruiniert hatte, ruinierte *sie* meines), gingen mir die ganze Zeit diese oder ähnliche Schlager im Kopf herum. Sie halfen mir, meine Mutter nicht zu hören, und sie riefen Erinnerungen an das merkwürdige, beunruhigende Fest wach, das mein Vater an jenem Heiligabend in New Orleans gegeben hatte.

Der ganze Innenhof war voller Kerzen, genau wie die drei Räume, die sich zu ihm öffneten. Die meisten Gäste waren im Salon versammelt, wo ein dezentes Feuer im Kamin den Weihnachtsbaum funkeln ließ; aber viele andere tanzten im Musikzimmer und im Innenhof zur Musik eines aufziehbaren Grammofons. Nachdem ich den Gästen vorgestellt worden war und diese viel Getue um mich gemacht hatten, wurde ich nach oben geschickt; aber von der Terrasse, draußen vor meiner mit Fensterläden versehenen Schlafzimmertür, konnte ich das ganze Fest verfolgen, die ganzen Paare tanzen sehen. Ich verfolgte, wie mein Vater mit einer graziösen Dame um den Teich tanzte, der den Meerjungfrauenbrunnen umgab. Sie war wirklich graziös und trug einen Hauch von einem silbernen Kleid, das im Kerzenlicht schimmerte; aber sie war alt – mindestens zehn Jahre älter als mein Vater, der damals fünfunddreißig war.

Mir wurde plötzlich bewusst, dass mein Vater bei weitem der Jüngste auf seinem Fest war. Keine der Damen, so reizend sie auch waren, war jünger als die gertenschlanke Tänzerin in dem fließenden silbernen Kleid. Genauso verhielt es sich bei den Männern, von denen furchtbar viele süßlich riechende Havannazigarren rauchten; mehr als die Hälfte von ihnen hätte dem Alter nach der Vater meines Vaters sein können.

Dann sah ich etwas, das mich aufschreckte. Mein Vater und seine agile Partnerin hatten tanzend eine Nische erreicht, die von scharlachroten Spinnenorchideen überwuchert war; und sie umarmten und küssten sich. Ich war so bestürzt, ich war so *wütend*, dass ich in mein Zimmer rannte, mich aufs Bett warf und die Decke über den Kopf zog. Was wollte mein gut aussehender junger Vater bloß mit einer alten Frau wie der! Und warum gingen die ganzen Leute da unten nicht nach Hause, damit der Weihnachtsmann kommen konnte? Ich lag stundenlang wach und wartete, dass sie sich endlich verabschiedeten, und nachdem mein Vater zum letzten Mal gute Nacht gesagt hatte, hörte ich ihn die Treppe heraufkommen und meine Tür aufmachen, um nach mir zu sehen; aber ich gab vor zu schlafen.

Mehrere Dinge geschahen, die mich die ganze Nacht wach hielten. Erstens die Schritte, das Geräusch meines Vaters, der schwer atmend treppauf und treppab lief. Ich musste unbedingt feststellen, was er da trieb. Also versteckte ich mich auf dem Balkon zwischen den Bougainvilleen. Von dort hatte ich freie Sicht auf den Salon und den Weihnachtsbaum und den Kamin, in dem noch immer ein Feuerchen brannte. Außerdem konnte ich meinen Vater sehen. Er kroch unter dem Weihnachtsbaum herum und stapelte Päckchen. Sie waren in violettes Papier eingewickelt, in rotes und goldenes und weißes und blaues, und sie raschelten, wenn er sie hin und her schob. Mir war schwindelig, denn was ich sah, zwang mich, alles zu überdenken. Wenn diese Geschenke für mich bestimmt waren, dann waren sie ganz offensichtlich nicht vom Herrn bestellt und vom Weihnachtsmann geliefert worden, o nein, sondern Geschenke, die gekauft und eingepackt worden waren von meinem Vater. Was bedeutete, dass mein gemeiner Vetter Billy Bob und andere gemeine Kinder wie er nicht gelogen hatten, als sie mich hänselten und sagten, dass es den Weihnachtsmann gar nicht gibt. Aber der schlimmste Gedanke war: Hatte Sook die Wahrheit gekannt und mich angelogen? Nein, Sook würde mich niemals anlügen. Sie *glaubte* daran. Es war nur so, dass – na ja, sie war zwar schon über sechzig, aber in mancher Hinsicht war sie mindestens so ein Kind wie ich.

Ich sah zu, bis mein Vater mit allem fertig war und die Kerzen, die noch brannten, ausgeblasen hatte. Ich wartete, bis ich sicher war, dass er im Bett lag und fest schlief. Dann schlich ich hinunter in den Salon, wo es noch immer nach Gardenien und Havannazigarren stank.

Ich setzte mich hin und dachte: Jetzt werde ausgerechnet *ich* Sook die Wahrheit sagen müssen. Verärgerung, eine seltsame Böswilligkeit, machte sich in mir breit: Sie war nicht gegen meinen Vater gerichtet, obwohl am Ende er darunter zu leiden hatte.

Als der Morgen dämmerte, untersuchte ich die Anhänger, die an allen Päckchen befestigt waren. Auf allen stand: »Für Buddy«. Auf allen, außer einem, auf dem »Für Evangelina« stand. Evangelina war eine ältere Farbige, die den ganzen Tag Coca-Cola trank und fast drei Zentner wog; sie war die Haushälterin meines Vaters – und bemutterte ihn auch. Ich beschloss, die Päckchen aufzumachen: Schließlich war Weihnachtsmorgen, ich war wach, warum also nicht? Ich will mich nicht damit aufhalten, zu schildern, was darin war: nur Hemden und Pullover und ähnlich langweiliges Zeug. Das Einzige, was mir imponierte, war eine wirklich tolle Kinderpistole. Ich verfiel auf die Idee, dass es lustig wäre, meinen Vater zu wecken, indem ich sie abfeuerte. Und das tat ich. *Peng. Peng. Peng.*

Er kam mit wildem Blick aus seinem Zimmer gerast.

*Peng. Peng. Peng.*

»Buddy! Was zum Teufel treibst du da?«

*Peng. Peng. Peng.*

»Hör auf damit!«

Ich lachte. »Schau mal, Daddy. Schau mal, was mir der Weihnachtsmann für schöne Sachen gebracht hat.«

Wieder ruhig geworden, kam er in den Salon und umarmte mich. »Gefällt dir, was der Weihnachtsmann dir gebracht hat?«

Ich lächelte ihn an. Er lächelte mich an. Der kurze zärtliche Moment zerstob, als ich sagte: »Ja. Aber was schenkst *du* mir, Daddy?« Sein Lächeln verschwand. Seine Augen zogen sich argwöhnisch zusammen – man merkte genau, dass er dachte, ich wolle ihn auf den Arm nehmen. Doch dann wurde er rot, als schämte er sich dessen, was er dachte. Er tätschelte meinen Kopf und hüstelte und sagte: »Tja, ich dachte, ich warte damit und lass dich dein Geschenk selbst aussuchen. Was hättest du denn gern?«

Ich rief ihm das Flugzeug ins Gedächtnis, das wir in dem Spielwarengeschäft in der Canal Street gesehen hatten. Sein Gesicht wurde lang. O ja, er erinnerte sich an das Flugzeug und wie teuer es war. Nichtsdestoweniger saß ich am nächsten Tag in ebendiesem Flugzeug und träumte, ich flöge hinauf in den Himmel, während mein Vater einen Scheck für den überglücklichen Verkäufer ausstellte. Es hatte eine Debatte darüber gegeben, das Flugzeug nach Alabama schicken zu lassen, aber ich blieb eisern – ich bestand darauf, dass es mit mir im Bus reiste, den ich nachmittags um zwei Uhr nehmen sollte. Der Verkäufer regelte die Sache, indem er bei der Busgesellschaft anrief, wo man ihm sagte, dass das ohne weiteres möglich sei.

Aber noch war ich New Orleans nicht los. Das Problem war eine große silberne Taschenflasche mit geschmuggeltem Schnaps; vielleicht lag es an meiner Abreise, auf jeden Fall hatte mein Vater schon den ganzen Tag über kräftig gebechert, und auf dem Weg zum Busbahnhof machte er mir richtig Angst, als er mein Handgelenk packte und barsch flüsterte: »Ich lass dich nicht gehen. Ich lass dich nicht wieder zu diesen Verrückten in dem verrückten Haus gehen. Ich seh doch, was die mit dir machen. Sechs Jahre alt, fast sieben, und glaubt an den Weihnachtsmann! Alles nur deren Schuld, die ganzen versauerten alten Jungfern mit ihren Bibeln und ihren Stricknadeln, die ganzen versoffenen Onkel. *Hör* auf mich, Buddy. Es gibt keinen Gott! Es *gibt* keinen Weihnachtsmann.« Er drückte mein Handgelenk inzwischen so fest, dass es wehtat. »Manchmal, o Gott, manchmal glaube ich, deine Mutter und ich, wir sollten uns alle beide umbringen, dass wir das zugelassen haben …« (*Er brachte sich nicht um, aber meine Mutter: Sie hat sich vor dreißig Jahren für den Seconal-Weg entschieden.*) »Gib mir einen Kuss. Bitte. Bitte. Gib mir einen Kuss.

Sag deinem Daddy, dass du ihn lieb hast.« Aber ich konnte nicht sprechen. Ich hatte eine Todesangst, ich könnte meinen Bus verpassen. Und ich machte mir Sorgen wegen meines Flugzeugs, das auf dem Dach des Taxis festgebunden war. »Sag es. Sag: ›Ich hab dich lieb.‹ Sag es. Bitte, Buddy. Sag es.«

Zu meinem Glück war der Taxifahrer ein gutherziger Mensch. Denn ohne seine Hilfe, und die Hilfe einiger tüchtiger Gepäckträger und eines freundlichen Polizisten, weiß ich nicht, was passiert wäre, als wir den Bahnhof erreichten. Mein Vater war so unsicher auf den Beinen, dass er kaum gehen konnte, aber der Polizist redete ihm gut zu, beruhigte ihn, half ihm, aufrecht zu stehen, und der Taxifahrer versprach, ihn wohlbehalten nach Hause zu bringen. Doch mein Vater wollte nicht gehen, bevor er gesehen hatte, wie mich die Gepäckträger in den Bus setzten.

Sobald ich im Bus war, kauerte ich mich auf einem Platz zusammen und schloss die Augen. Ich fühlte einen ganz sonderbaren Schmerz. Einen furchtbaren Schmerz, der überall wehtat. Ich dachte, wenn ich meine schweren Stadtschuhe ausziehe, diese Folterwerkzeuge, würde die Qual nachlassen. Ich zog sie aus, aber der mysteriöse Schmerz blieb. In gewisser Weise ist er bis heute nicht verschwunden, wird auch nie verschwinden.

Zwölf Stunden später lag ich daheim im Bett. Das Zimmer war dunkel. Sook saß neben mir, schaukelte in einem Schaukelstuhl, und das Geräusch war so beruhigend wie Meereswellen. Ich hatte versucht, ihr alles zu erzählen, was passiert war, und hörte erst auf, als ich so heiser war wie ein heulender Hund. Sie fuhr mir mit den Fingern durch das Haar und sagte: »Natürlich gibt es den Weihnachtsmann. Es ist nur so, dass eine Person allein gar nicht alles tun kann, was der Weihnachtsmann zu tun hat. Darum hat der Herr diese Aufgabe auf uns alle verteilt. Und darum ist jeder Mensch der Weihnachtsmann. Ich. Du. Sogar dein Vetter Billy Bob. Und jetzt schlafe. Zähl Sterne. Denk an etwas ganz Leises. So wie Schnee. Es tut mir leid, dass du keinen gesehen hast. Aber gerade jetzt fällt Schnee durch die Sterne …« Sterne funkelten, Schnee wirbelte in meinem Kopf; das Letzte, woran ich mich erinnerte, war die friedvolle Stimme des Herrn, der mir etwas auftrug, das ich tun musste. Und am nächsten Tag tat ich es. Ich ging mit Sook zum Postamt und kaufte eine Postkarte. Diese Postkarte existiert bis heute. Man fand sie im Bankschließfach meines Vaters, als er letztes Jahr starb. Und das hatte ich ihm geschrieben: *Hallo Daddy, mir gehts gut dir hofentlich auch und ich kann mein Flugseug schon so schnell faren das ich bald im Himmel bin also halt die Augen offen und ja ich hab dich lieb, Buddy.*

VOLKER REICHE

## *Das originale Werk*

Weihnachten 1954 war ich zehn Jahre alt und lernte eine Menge über Flügel, Faltenwurf, Stolz und Lüge. Und über den Begriff des originalen Werkes, über den ich mir bis dahin keinerlei Gedanken gemacht hatte.

Zwei Wochen vor Heiligabend saß ich am Esstisch und bastelte eine Weihnachtskrippe aus schwarzer Pappe und farbigem Transparentpapier. Das Ausschneiden der Figuren war mühsam, weil meine Schere stumpf war. Meine Figuren gerieten einfacher, als mir lieb war. Ich konnte besser zeichnen als die meisten Kinder meiner Schulklasse, und gezeichnete Hände ohne fünf Finger schätzte ich nicht. Mit Ochs und Esel und dem Stern war ich zufrieden, mit dem Engel nicht. Deshalb gab ich meinem älteren Bruder im Geheimen recht, als er sich meine Krippe ansah und höhnte: »Babyzeichnung! Engel im Nachthemd! So sieht doch kein Flügel aus!«

»Guck im Lexikon nach, Doofi! Oder im Vogelbuch!«, rief er und warf meine Krippe auf den Tisch. Im Lexikon, klar. Ich schlug selten etwas in unserem Lexikon nach, aber ich las gern darin und schaute mir die Bilder an, vor allem die ganzseitigen Farbtafeln. Flaggen, Trachten, Landkarten; Verkehrszeichen. Und eine Strecke von acht Seiten über Malerei. War da nicht ein Engel dabei? Aufgeregt blätterte ich im Lexikon und fand das Bild. »Oberrheinischer Meister. Die Verkündigung. Um 1410.«

Tatsächlich. Die Flügel sahen wie Vogelflügel aus. Mit einzelnen langen Federn. Mit einer besseren Schere müsste ich das hinkriegen. Noch etwas fiel mir auf. Die Kleider hatten Falten. Das sah toll aus. Irgendwie richtig. Der Engel, Maria und Josef, die Heiligen Drei Könige, bei allen wollte ich lange Pappstege als Falten stehen lassen.

Ich rannte zu Mutter. »Ich brauch die Nagelschere!« Das war die einzige Schere bei uns, die spitz und scharf war. »Wozu?«, fragte sie kühl und besah sich meine Hand. »Deine Fingernägel sehen anständig aus.« »Zum Basteln!«, rief ich. »Damit sie stumpf wird? Nichts da. Gute Nagelscheren kosten Geld. Und dein Herr Vater hat diesen Monat wieder weniger geschickt, als er sich vertraglich verpflichtet hat. Schwirr ab!« »Aber es ist doch für meine Weihnachtskrippe!«, schrie ich. »Flügel wie Oberrheinischer Meister!« Sie sah mich nachdenklich an. »Deine Krippe? Die mit dem Transparentpapier? Hm. Na gut. Aber pass auf die Schere auf.«

Gott sei Dank hatte ich noch einen Bogen Pappe und reichlich Papier, so konnte ich ganz neu anfangen und die Krippe noch größer und prächtiger anlegen. Ich schnitt und klebte in jeder freien Minute, alles klappte, und die Nagelschere lieferte Falten und Federn, die mich entzückten, wenn ich die Krippe probeweise ans Licht hielt.

Heiligabend war ich fertig und hochzufrieden mit meiner Arbeit. Ich stellte die Krippe vor unseren Weihnachtsbaum; meine jüngeren Geschwister staunten, meine älteren nickten anerkennend. »Wartet, bis wir die Kerzen dahinter anzünden und das Licht ausmachen«, sagte Mutter, »dann wird's erst richtig schön.«

Es klingelte an der Wohnungstür, ich rannte hin und öffnete. Mein Vater hatte nach der Scheidung keinen Schlüssel mehr und musste klingeln. »Na, mein Sohn«, sagte er, »da komme ich ja gerade recht, den Baum anzuzünden.« »Das machen die Kinder, sie können das sehr gut«, sagte meine Mutter und fügte abweisend hinzu: »Du hättest dich vorher anmelden können. Hast du den Rest der Dezemberrate dabei?« »Anmelden!«, rief Vater und zwinkerte uns Kindern zu. »So weit kommt's noch! Haha! Das sind meine Kinder! Was? Seid ihr das?! Haha!« Doch wir Kinder kannten den Klang seiner Stimme vor ausgedehnten Streitereien mit Mutter gut, auch die Falte zwischen den Augenbrauen, und schwiegen betreten.

Vater trat an den Tisch, nahm meine Krippe in die Hand und betrachtete sie. Dann zog er seine Lesebrille aus der Brusttasche und studierte sie lang und genau. »Erstaunlich«, sagte er endlich, »sehr erstaunlich. Wer hat die gemacht?«

»Ich!«, sagte ich stolz.

»Du? Du ganz allein? Du bist doch erst zehn! Ist das das originale Werk eines einzelnen Künstlers? Unglaublich. Ich sollte diese Arbeit unbedingt einigen Fachleuten zeigen.«

Ich ahnte dunkel, dass »originales Werk eines einzelnen Künstlers« nichts anderes bedeutete, als dass ich die Krippe ganz ohne Hilfe selbst gebastelt hatte. Eine Sekunde dachte ich an den Oberrheinischen Meister, doch dann wischte ich ihn aus meinem Gedächtnis, lachte glücklich und wollte gerade »Ja!« rufen, als Mutter betont freundlich sagte: »Nein, nein. Da haben wir alle daran gearbeitet. Nicht wahr, Kinder, hat uns Spaß gemacht, die Krippe zu basteln?«

Mir blieb die Luft weg, und mein Kopf wurde heiß. Eine dreiste Lüge. Von Mutter. Von Mutter, die immer sagte: »Ihr sollt nicht lügen.«

Ich schwieg und schaute wie betäubt zu Boden, während Vater mit der Krippe heftig wedelte und rief: »Alle? Ist das wahr? Das ist nicht sein originales Werk?«

Mutter wiederholte kalt: »Nein, von allen. Und was geht es dich an? Wir warten auf das Geld. Wer Kinder in die Welt setzt, muss für sie sorgen.«

Vater klatschte die Krippe wütend auf den Tisch und schrie: »Geld! Fällt dir nichts anderes ein?! Ich frage: Ist das das originale Werk eines einzelnen jugendlichen Künstlers?!«

Keiner antwortete. Wir Kinder schauten zu Boden, und Mutter ordnete leise ein Weihnachtslied summend den Baumschmuck. Vater sah uns an, wartete, und sagte dann leise: »Ihr könnt mich mal.« Rasch schritt er zur Wohnungstür und schlug sie hinter sich zu.

Stille. Der Krach war vorbei. Wir Kinder kannten das, hatten ähnliche und schlimmere Szenen oft und oft erlebt. Mein ältester Bruder zeigte auf die Krippe, grinste, und fragte mich geziert: »Ist das das originale Werk eines einzelnen jugendlichen Künstlers?« Dann lachten er und mein zweitältester Bruder laut; sie bogen sich geradezu vor Lachen.

Ich blieb stumm. Keiner meiner Brüder hätte diese Krippe basteln können. Sie hatten weder Geschick noch Lust dazu. Und ich dachte, auch meine Mutter, die Lügnerin, konnte es nicht. Als ich mit gesenktem Kopf das

Zimmer verlassen wollte, fing mich meine Mutter ein und flüsterte: »Weißt du nicht, dass dein Vater deine Krippe mitgenommen hätte, wenn er gewusst hätte, dass du sie allein gemacht hast? Wie hätten wir Weihnachten feiern können, dieses und nächstes und übernächstes Jahr ohne deine wunderbare Krippe? Komm, wir zünden die Kerzen dahinter an, du wirst staunen, wie schön das wird! Und alle müssen auf ihren Stühlen sitzen und Weihnachtslieder singen und deine Krippe lang und ausführlich betrachten!«

So geschah es, und meine Krippe strahlte herrlich, und meine Geschwister sahen sie an, dieses und nächstes und übernächstes Weihnachten. Und Stolz und Freude füllte des Knaben Brust.

ERICH KÄSTNER

## *Sechsundvierzig Heiligabende*

Fünfundvierzigmal hintereinander hab' ich mit meinen Eltern zusammen die Kerzen am Christbaum brennen sehen. Als Flaschenkind, als Schuljunge, als Seminarist, als Soldat, als Student, als angehender Journalist, als verbotener Schriftsteller. In Kriegen und im Frieden. In traurigen und in frohen Zeiten. Vor einem Jahr zum letztenmal. Als es Dresden, meine Vaterstadt, noch gab.

Diesmal werden meine Eltern am Heiligabend allein sein. Im Vorderzimmer werden sie sitzen und schweigend vor sich hinstarren. Das heißt, der Vater wird nicht sitzen, sondern am Ofen lehnen. Hoffentlich hat er eine Zigarre im Mund. Denn rauchen tut er für sein Leben gern. »Vater hält den Ofen, damit er nicht umfällt«, sagte meine Mutter früher. Mit einem Mal wird er »Gute Nacht« murmeln und klein und gebückt, denn er ist fast achtzig Jahre alt, in sein Schlafzimmer gehen.

Nun sitzt sie ganz einsam und verlassen. Ein paarmal hört sie ihn nebenan noch husten. Schließlich wird es in der Wohnung vollkommen still sein ... Bei Grüttners oder Ternettes singen sie vielleicht »O du fröhliche, o du selige«. Meine Mutter tritt ans Fenster und schaut auf die weißbemützten Häuserruinen gegenüber. Am Neustädter Bahnhof pfeift ein Zug. Aber ich werde nicht in dem Zuge sein.

Dann wird sie in ihren Kamelhaarpantoffeln leise und langsam durchs Zimmer wandern und meine Photographien betrachten, die an den Wänden hängen und auf dem Vertiko stehen. In den Büchern, die ich geschrieben habe und die sie auf den Tisch gelegt hat, wird sie blättern. Seufzen wird sie. Und vor sich hinflüstern: »Mein guter Junge.« Und ein wenig weinen. Nicht laut, obwohl sie allein im Zimmer ist. Aber so, daß ihr das alte, tapfere Herz weh tut.

Wenn ich daran denke, ist mir es, als müßte ich, hier in München, auf der Stelle vom Stuhl aufspringen, die Treppen hinunterstürzen und ohne anzuhalten bis nach Dresden jagen. Durch die Straßen und Wälder und Dörfer. Über die Brücken und Berge und verschneiten Äcker und Wiesen. Bis ich endlich außer Atem vor dem Hause stünde, in dem sie sitzt und sich nach mir sehnt wie ich mich nach ihr.

Aber ich werde nicht die Treppen hinunterstürzen. Ich werde nicht durch die Nacht nach Dresden rennen. Es gibt Dinge, die mächtiger sind als Wünsche. Da muß man sich fügen, ob man will oder nicht. Man lernt es mit der Zeit. Dafür sorgt das Leben. Sogar von euch wird das schon mancher wissen. Vieles erfährt der Mensch zu früh. Und vieles zu spät.

Meine liebe Mutter ... Nun bin ich doch selber schon ein leicht angegrauter, älterer Herr von reichlich sechsundvierzig Jahren. Aber der Mutter gegenüber bleibt man immer ein Kind. Mutters Kind eben. Ob man sechsundvierzig ist oder Ministerpräsident von Bischofswerda oder Johann Wolfgang Goethe persönlich. Das ist den Müttern, Gott sei Dank, herzlich einerlei!

Später wird sie sich eine Tasse Malzkaffee einschenken. Aus der Zwiebelmusterkanne, die in der Ofenröhre warmsteht. Dann wird sie ihre Brille aufsetzen und meinen letzten Brief noch einmal lesen. Und ihn sinken lassen. Und an die fünfundvierzig Heiligabende denken, die wir gemeinsam verlebt haben. An Weihnachtsfeste besonders, die weit, weit zurückliegen. In längst vergangenen Zeiten, da ich noch ein kleiner Junge war.

An das eine Mal etwa, wo ich ihr einen großen, schönen, feuerfesten Topf gekauft hatte und mit ihm, als sie mich zur Bescherung rief, hastig durch den Flur rannte. Als ich ins Zimmer einbiegen wollte, begann ich strahlend: »Da, Mutti, hast du …« Ich wollte natürlich rufen: »… einen Topf!« Aber nein, Mutters feuerfester Topf kam leider, als ich in die Zielgerade einbog, mit der Tür in Berührung. Er zerbrach, und ich stammelte entgeistert: »Da, Mutti, hast du – einen Henkel!« Denn mehr als den Henkel hatte ich nicht in der Hand.

Wenn sie daran denkt, wird sie lächeln. Und einen Schluck Malzkaffee trinken. Und sich anderer Weihnachten erinnern. Vielleicht jenes Heiligabends, an dem ich ihr die »sieben Sachen« schenkte. Verlegen überreichte ich ihr eine kleine, in Seidenpapier gewickelte Pappschachtel und sagte, während sie diese unterm Christbaum vorsichtig und gespannt auspackte: »Weißt du, ich habe doch nicht viel Geld gehabt – aber es sind sieben Sachen, und alle sieben sind sehr praktisch!« In der Schachtel fand sie eine Rolle schwarzen Zwirn, eine Rolle weißen Zwirn, eine Spule schwarzer Nähseide, eine Spule weißer Nähseide, ein Briefchen Sicherheitsnadeln, ein Heftchen Nähnadeln und ein Kärtchen mit einem Dutzend Druckknöpfchen. Sieben Sachen! Da freute sie sich sehr, und ich war stolz wie der Kaiser von Annam.

Oder ihr fällt jener Weihnachtsabend ein, an dem ich, nach der Bescherung, noch zu Försters Fritz, meinem besten Freunde, lief, um zu sehen, was denn er bekommen hatte. Seinen Eltern gehörte das Milchgeschäft an der Ekke Jordanstraße ... Ganz plötzlich kam ich wieder nach Hause. Ich stand, als meine Mutter die Tür öffnete, blaß und verstört vor ihr. Försters Fritz hatte eine Eisenbahn geschenkt bekommen, und als ich damit hatte spielen wollen, hatte er mich geschlagen!

Da stand ich nun klein und ernst vor ihr und fragte, was ich tun solle. Zurückschlagen hatte ich nicht können. Er war ja mein bester Freund! Und warum er mich eigentlich geschlagen hatte, begriff ich überhaupt nicht. Was hatte ich ihm denn getan?

Damals hatte meine Mutter zu mir gesagt: »Es war richtig, daß du nicht zurückgeschlagen hast! Einen Freund, der uns haut, sollen wir nicht auch prügeln, sondern mit Verachtung strafen.«

»Mit Verachtung strafen?« Ich machte kehrt.

»Wo willst du denn hin?« fragte meine Mutter.

»Wieder zurück!« erklärte ich energisch. »Ihn mit Verachtung strafen!« Und so ging ich wieder zu Försters und verbrachte den Rest des Abends damit, meinen Freund Fritz gehörig zu verachten. Leider weiß ich nicht mehr, wie ich das im einzelnen gemacht habe. Schade. Sonst könnte ich euch das Rezept verraten.

Oder meine Mutter wird an einen anderen Heiligabend denken, der nicht ganz so weit zurückliegt. Es sind höchstens zwanzig Jahre her – da gingen wir, nach unserer Bescherung, an den Albertplatz zu Tante Lina, um dabeizusein, wenn der kleine Franz beschert bekäme. Franz war das Kind meiner früh verstorbenen Base Dora.

Ich war damals ungefähr fünfundzwanzig Jahre alt. Und plötzlich sagte Tante Lina, der Weihnachtsmann, der zum kleinen Franz hätte kommen sollen, habe in letzter Minute wegen Überlastung abtelephoniert und ich müsse ihn unbedingt vertreten! Sie zogen mir einen umgewendeten Pelz an, hängten mir einen großen weißen Bart aus Watte um, drückten mir einen Sack mit Äpfeln und Haselnüssen in die Hand und stießen mich in das Zimmer, wo Franz, der kleine Knirps, neugierig und etwas ängstlich auf den richtigen Weihnachtsmann wartete. Als ich ihn mit kellertiefer Stimme fragte, ob er auch gut gefolgt habe, antwortete er: Oja, das habe er schon getan. Und dann kitzelte mich der alberne Wattebart derartig in der Nase, daß ich laut niesen mußte.

Und der kleine Franz sagte höflich: »Prost, Onkel Erich!« Er hatte den Schwindel von Anfang an durchschaut und hatte nur geschwiegen, um uns Erwachsenen den Spaß nicht zu verderben.

Meine Mutter in Dresden wird also an vergangene glücklichere Weihnachten denken. Und ich in München werde es auch tun.

Erinnerungen an schönere Zeiten sind kostbar wie alte goldene Münzen. Erinnerungen sind der einzige Besitz, den uns niemand stehlen kann und der, wenn wir sonst alles verloren haben, nicht mitverbrannt ist. Merkt euch das! Vergeßt es nie!

Während ich am Schreibtisch sitze, werden meiner Mutter vielleicht die Ohren klingen. Da wird sie lächeln und meine Photographien anblicken, ihnen zunicken und flüstern: »Ich weiß schon, mein Junge, du denkst an mich.«

# *Weihnachten in der Ferne*

## ERNEST HEMINGWAY
# *Weihnachten in Norditalien*

Mailand, die wuchernde, neu-alte, gelbbraune Großstadt des Nordens, eingefroren in der Dezemberkälte.

Vor den Metzgerläden hängen Füchse, Rehe, Fasane und Hasen. Aus den Weihnachtsurlaubszügen kommen Soldaten und streifen frierend durch die Straßen. In den Cafés trinkt alle Welt Punsch mit Rum.

Offiziere aller Nationalitäten, Dienst- und Nüchternheitsgrade drängen sich im Café Cova gegenüber der Scala und wünschen, sie könnten über Weihnachten zu Hause sein.

Ein junger Arditi-Leutnant erzählt mir, wie Weihnachten in den Abruzzen gefeiert wird, wo man Bären jagt und die Männer noch Männer und die Frauen noch Frauen sind.

Chinks Auftritt mit der tollen Neuigkeit.

Die tolle Neuigkeit lautet: In der Via Manzoni gibt es einen Mistelzweigladen, der von den Jungen und Schönen Mailands zugunsten irgendeines wohltätigen Zwecks betrieben wird.

Wir stellen so schnell wie möglich eine Patrouille zusammen, in der Italiener, Betrunkene und alle Ränge höher als Major nichts zu suchen haben.

Wir halten auf den Mistelzweigladen zu. Die Jungen und Schönen sind durch das Fenster deutlich zu sehen. Draußen hängt ein großer Strauß Mistelzweige. Wir treten ein. Es werden massenhaft Mistelzweige gekauft. Wir peilen die Lage. Wir ziehen ab, beladen mit großen Mengen von Mistelzweigen, die wir an vorbeikommende Putzfrauen, Bettler, Polizisten, Politiker und Taxifahrer verteilen.

Wir betreten den Laden aufs Neue. Wir kaufen noch mehr Mistelzweige. Ein prächtiger Tag für gute Taten. Wir ziehen ab, beladen mit noch größeren Mengen von Mistelzweigen, die wir an vorbeikommende Journalisten, Barkeeper, Straßenkehrer und Straßenbahnschaffner verteilen.

Wir betreten den Laden aufs Neue. Inzwischen ist das Interesse der Jungen und Schönen von Mailand geweckt. Wir bestehen darauf, dass wir den großen Strauß Mistelzweige vor dem Laden kaufen; der Laden ist ein leerstehendes Bankgebäude. Wir zahlen einen hohen Betrag für den Strauß, und dann drängen wir ihn, in Sichtweite des Ladenfensters, einem sehr förmlich aussehenden Mann auf, der mit Zylinder und Stock auf der Via Manzoni an uns vorbeikommt.

Der sehr förmliche Gentleman verweigert das Geschenk. Wir bestehen darauf, dass er es annimmt. Er lehnt ab. Dies sei eine zu große Ehre für ihn. Wir erklären ihm, für uns sei es eine Ehre, wenn er das Geschenk annehme. Es handele sich um einen bescheidenen kanadischen Weihnachtsbrauch. Der Gentleman zögert.

Immer noch in Sicht des Ladenfensters, rufen wir dem Gentleman eine Droschke, helfen ihm beim Einsteigen und legen den großen Mistelbaum neben ihn auf den Sitz.

Vielmals dankend und ziemlich verlegen fährt er davon. Viele Leute bleiben stehen und starren ihm nach.

Inzwischen sind die Jungen und Schönen von Mailand im Laden fasziniert.

Wir treten wieder ein und erklären mit gesenkten Stimmen, in Kanada sei der Mistelzweig mit einem gewissen Brauch verknüpft.

Die Jungen und Schönen führen uns ins Hinterzimmer und stellen uns ihren Anstandsdamen vor. Es sind sehr ehrwürdige Ladys, die Contessa di X, sehr groß und heiter, und die Contessa di Y, sehr dünn und eckig und aristokratisch. Wir werden aus dem Hinterzimmer hinausgeführt und flüsternd informiert, die Anstandsdamen würden in einer halben Stunde zum Tee ausgehen.

Wir rücken ab, beladen mit riesigen Mengen von Mistelzweigen, die wir feierlich dem Oberkellner des Grand d'Italia-Restaurants überreichen. Der Ober ist von dieser kanadischen Sitte gerührt und dankt uns entsprechend.

Gewürznelken kauend, gehen wir zu dem Mistelzweigladen zurück. Unter den wenigen noch übrigen Mistelzweigen führen wir den heiligen kanadischen Brauch vor. Bis die Anstandsdamen zurückkommen. Ein Pfiff auf der Straße warnt uns.

Und so kam der wahre Gebrauch des Mistelzweigs nach Norditalien.

## LISA ST AUBIN DE TERÁN
## *Venezianischer Advent*

Den ganzen Dezember über verwandeln Girlanden aus roten Bändern und dunkle Baldachine aus Zypressenzweigen die Gassen in Arkaden. Anders als in den breiteren Straßen größerer Städte, wo das Kunstlicht schon durch die Weite des Raums schwächer wirkt, haftet den Dekorationen Venedigs das Flair des Selbstgemachten an, erinnern sie an Dekorationen, die große Landfamilien früher sammelten. Für Abwechslung sorgen verschiedene Arten von Nadelbäumen und deren Zapfen. Andere Orte mögen in bunten Lichtern schwelgen, doch in der Hauptstadt der Lichter und Kronleuchter, die das ganze Jahr über mit dem unglaublichsten Kitsch dekoriert ist, regiert verständlicherweise der Zauber des grünen Waldes. Wo es kein Land gibt, kann die Pflanze König sein.

Die Läden schmücken ihre niedrigen Eingangstüren mit Teilen von Weihnachtsbäumen und breiten jeden Morgen rote Läufer als improvisierte Bürgersteige aus, damit die Kunden, die die Auslagen studieren, drauftreten und sich von der Warenvielfalt, die von innen lockt, verführen lassen.

Die Straßenverkäufer, die tagaus, tagein frühmorgendliche Hürden zum Ponte di Rialto hinauf bildeten, schließen und nehmen den ganzen Campo San Bartolomeo für sich in Anspruch. Handschuhe, Halstücher, Krawatten und Holzgegenstände stehen auf dem Programm. Von ihren Tischen und aus den Fässern quellen Butterstücke, Fleischklopfer und grob geschnitzte Schüsseln auf die makellos geputzten Stöckelschuhe einkaufender Glamourqueens des häuslichen Lebens.

Das eigentliche Weihnachtsfest hat hier nicht den nordischen Beigeschmack anderer Länder. Für Erwachsene ist Silvester der große Tag, die Kinder erhalten ihre Geschenke immer noch von einer überaus häßlichen alten Hexe namens La Befana, die jedem Kind ein Geschenk und ein Säckchen mit Süßigkeiten bringt. La Befana und ihre vielen Doppelgängerinnen paradieren und kichern die ganze Nacht vom fünften auf den sechsten Januar und bringen ihre Geschenke am Dreikönigstag. Daher hat Weihnachten in Venedig (wie im übrigen Italien) nur den äußeren Anstrich von Schlittenglöckchen und Rentieren. Aus Mini-Kassettenrekordern im hinteren Teil vieler Lädchen träumt Bing Crosby von einer weißen Weihnacht, vor allem aber ist es ein religiöses Fest und Anlaß für eine gewaltige Familienfeier. Traditionell hängt man einen grünen Kranz an die Eingangstür, wer möchte, kann auch Mistel- oder Stachelmyrtenzweige nehmen. Ein frischer Blumenstrauß scheint wichtiger als ein Weihnachtsbaum, auch wenn viele gekauft werden. Das strikte Ritual des Baumes wird allerdings nicht eingehalten. Manchmal werden noch im März kahle Tannen für den *spazzino* herausgestellt.

Die Vorbereitungen für den rein kommerziellen Austausch von Geschenken mögen gering sein, die Vorbereitungen für das Festmahl sind es nicht. Wie eine nahende Flut hat alles, was mit der Tafel und dem Menü zu tun hat, eine eigene, unaufhaltsame Bewegung. Auswahl und Arrangement von Tischdecken und Servietten werden zu einem größeren Problem. In Dutzenden von Metzgerläden hängen zu surrealen Ausstellungsstücken verbogene Gerippe. Kalbsköpfe, so bleich, als seien sie vom Meer angespült, glotzen dumm auf die Karotten hinunter, die man ihnen durch die Nasenlöcher gesteckt hat, während aus ihren anämischen Ohren Lorbeerblätter sprießen. Bei einem anderen Metzger sah ich gerupfte Hühner in Westchen gekleidet vom Haken baumeln. Etwas vom Geist des Karnevals fließt in jene makabren Aufbauten mit Kostümen und Masken, Federkappen und postumen Verrenkungen, die den Opfern des Festes Reverenz erweisen sollen.

Unterdessen erreicht das übliche Sichherausputzen der Feiernden neue Höhepunkte. Aus den Morgennebeln, die so geheimnisvoll auf der Lagune liegen und alles in ihr himmlisches Federbett hüllen, boxen sich Armeen makellos gepflegter Venezianer ihren Weg zur Arbeit. Es kann so früh sein, wie es will, es kann so feucht sein, wie es will: Die Locken sitzen, die Nägel sind manikürt, das Make-up hat seine ewige Maske aufgetragen, und die marschierenden Füße tragen perfekt geputzte Schuhe. Etikette ist alles. Zwar ziehen die seichten Kanäle in ihrer langsamen Ebbe der Nostalgie unverändert alle mit, zu bestimmten Daten aber wird auf Vergangenheit verzichtet. Zu Weihnachten tragen alle etwas Neues. Weihnachtsgeschenke sind meist persönlicher Natur: Die Menschen verwöhnen sich selbst, sie wählen und bezahlen, was sie anziehen möchten, um bei der öffentlichen Christmesse und dem privateren Festessen gut auszusehen.

Draußen auf den Inseln wird selbst die älteste und eifrigste Spitzenklöpplerin einen Nachmittag lang ihre Baumwollspindeln aus der Hand legen, um die übliche marineblaue Strickjacke zu kaufen, die früher alle Ehefrauen der Fischer trugen. In der Gegend um San Marco bewegen sich Tausende von Hausfrauen wie Hummer durch die Gassen und konkurrieren bei Metzgern, Gemüsehändlern und an Ständen um die günstigsten Angebote. Dort übersehen sie beharrlich die Schilder, die das Berühren der Waren untersagen, da sie wissen, daß sie nicht gemeint sind. Jede Mandarine, Birne, Artischocke und Sellerieknolle wird gedrückt und dann entweder gestreichelt oder verworfen. Einkaufen ist eine ernste Angelegenheit, eine Kunst, in der sich die Cleverneß von geborenen Überlebenden zeigt. Unter der obersten Schicht polierter Äpfel ist immer der eine oder andere angestoßene oder überreife. Und auch zwischen den Früchten der Saison – Mandarinen, Feigen und Walnüssen – liegen immer einige weniger gelungene Exemplare. Jede einheimische Käuferin muß ihre Früchte selbst sorgfältig auswählen, bevor sie dann mit dem fälligen Ritual beginnt und sich beim Verkäufer über Preis und Qualität beklagt.

[...]

Selbst Weihnachten scheint nahezu ein privates Fest, das ausdrücklich zum besonderen Vergnügen dieser Stadt erdacht wurde. Die Tage sind meist dunkel, wenn auch von hellen Lampen und Fenstern erleuchtet. Die Merceria ist nicht mehr ›dank ihrer Lieblichkeit eine der köstlichsten Straßen der Welt‹, und sie ist auch nicht ›mit Goldbrokat behangen‹, aber die Parfümerien und Apotheken, Blumenläden und die geballte Menge anderer Geschäfte, alle mit Tannengrün behangen, erzeugen ein Gefühl magischer Veränderung. Nachtigallen in Käfigen, von denen John Evelyn 1645 schrieb, man halte sie, ›um einen von Geschäft zu Geschäft mit ihren Melodien zu erquicken‹, sind dem weniger edlen Geschlecht der Kanarienvögel und dem aufgeregten Gemurmel zufälliger Begegnungen gewichen. Ich kann die Atmosphäre in der Merceria nicht mehr mit den Worten beschreiben, daß ›man die Augen schließt und sich auf dem Lande wähnt, wo man doch inmitten des Meeres ist‹. Aber keine andere Stadt, ob groß oder klein, fühlt sich an wie Venedig. Das Staunen, das sich beim ersten Besuch einstellt, läßt nicht nach. Es scheint sich vielmehr unter die Haut zu bohren.

Die *Serenissima* ist maskiert und mysteriös; wenn sie gelegentlich die Maske fallen läßt oder den Schleier lüpft, fühle ich mich begünstigt. Bei meinem ersten Weihnachtsfest hier schien es nur selbstverständlich, daß ich mich an der Peripherie ihrer Rituale und Geheimnisse herumdrückte und ihre Festtage mit Freunden und Verwandten beging. Ich bin ein Voyeur ihrer Schönheit. Je länger ich bleibe, um so mehr sehe ich, und doch bin ich immer noch Voyeur, ich genieße einfach den Vorteil der Unsichtbarkeit oder vielmehr der uniformen Anonymität im Schutz eines langen Karnevalcapes.

Bei meinem zweiten Weihnachtsfest hier schien es ebenso selbstverständlich, daß es uns gelang, in einige der schönsten Paläste am Canal Grande hineinzuschlüpfen, wo wir Kapaune und Kastanien aßen, die livrierte Diener mit weißen Handschuhen auf handbemaltem Meißner Porzellan servierten. Ich hatte Byrons exotische

Lieblingsorte in Venedig schon lange von außen bewundert, mit ihren Legenden von Wölfen und dem Gefolge extravaganter Anhänger. Als ich mich im Inneren wiederfand, als ich den grünen Trompe-l'Œil-Marmor seines Zimmers und die ineinander übergehenden Korridore und Salons sah, die sich von ihm aus wie Ballen edler Seide entrollten, schien auch das selbstverständlich – für Venedig. Dies ist ein Ort, um Phantasien zu frönen.

›Sie leben wirklich in Venedig?‹ wurde ich immer wieder gefragt. ›Hier im *centro storico*? Wo waren Sie? Wie kann es sein, daß ich Sie noch nie gesehen habe?‹ Ich war Außenseiterin, unsichtbar. Wir gehen in die gleichen Restaurants, besuchen dasselbe Theater und dieselben Konzerte. Jeden Tag werden einige von uns im Café Florian wie nicht entschlüsselte Chiffren aneinander vorübergegangen sein. Selbst während der österreichischen Besatzung, als die Stadt von Haß gespalten war und die beiden Parteien sich auf jede Weise getrennt hielten, war das Café Florian Niemandsland, neutrales Gebiet, für beide unentbehrlich.

Zwei Tage vor Weihnachten bin ich in einem anderen Palast, bei einem Fest für etwa zweihundert Gäste, und mir schwirrt der Kopf vor Cocktails und dem Übermaß dekorierter Speisen. Jedesmal, wenn die Gruppe, mit der ich kam, sich verliert, versuche ich, sie wiederzufinden, und durchstreife Dutzende ineinander übergehende Räume, jeder ebenso reich ausgestattet wie Aladins Höhle. ›Mögen Sie Tiepolo?‹ Ich nicke, mein neuer Bekannter schaut sich nickend in der großen Halle um, in der wir stehen, und ich sehe, was mir in der vollen Stunde, die ich schon hier bin, entgangen war. Der ganze Raum ist mit Tiepolo-Fresken geschmückt. Allmählich rollen Einladungen wie eine Flutwelle heran. Ich halte immer mehr Visitenkarten und Telefonnummern in der Hand. Ich betrachte Tiepolos Affen und seinen Papagei, behalte sie in meinem Kopf, während ich mir den Weg durch die Ausstattungsgegenstände aus Jahrhunderten bahne, die sich den Treppenaufgang teilen. Es gibt Sänften und Privatgondeln, Flaggen und Statuen. Bis wir zu Hause sind, ist es drei Uhr. Ein bedeutender russischer Dichter hat am Campo San Stefano unter dem Sternenhimmel Thomas Hardy rezitiert, und jetzt gehen wir, ein betrunkenes Quartett, nach Hause in die Calle San Antonio zum Tanzen.

TANJA DÜCKERS

## *Mari Noël*

Woran denken Sie, wenn man Ihnen sagt, Sie sollen nicht an einen roten Elefanten denken? Richtig, an einen roten Elefanten.

So geht es mir Jahr für Jahr, wenn ich an Heiligabend versuche, nicht an Mari Noël zu denken. Und diese Gedanken trüben jedes Jahr meine Vorfreude auf Weihnachten und die Feiertage selbst.

Mari Noël heißt so, weil sie am 24. Dezember geboren wurde. Für einige Monate war sie eine »Schwester«. Sie war die Tochter der amerikanischen Gasteltern, bei denen ich damals, vom Herbst 1984 bis zum 24. Dezember, wohnte und mit denen ich – beinahe – das erste Weihnachtsfest ohne meine Familie verbracht hätte.

Eigentlich hatte alles vielversprechend begonnen: Ich war noch nie in den USA gewesen und war gespannt auf mein neues Leben in Pennsylvania. Meine Gastfamilie wohnte in einer großen Villa mit Pool und Privatflugzeug. Der Familienvater stammte ursprünglich aus Chile, war als junger Mann emigriert und hatte eine junge Amerikanerin geheiratet. Deren Mutter, Mari Noëls Großmutter, lebte mit im Haus. Mari Noël war die jüngste Tochter der Familie, siebzehn Jahre alt, das Nesthäkchen.

Ich freute mich darauf, einmal weit weg von Berlin, meinen Eltern und meinem nervigen Bruder zu sein. Auch stellte ich mir eine ältere Schwester viel toller vor als einen jüngeren Bruder. Mit meiner Gastfamilie hatte ich vor meiner Ankunft nur wenige Briefe ausgetauscht; Internet gab es damals nicht. Ich war fünfzehn Jahre alt, stand kurz vor meinem sechzehnten Geburtstag, kam in die 11. Klasse, »Junior High«.

Am Tag der Ankunft war ich verzückt. Mari Noël schien sich wirklich auf mich gefreut zu haben. Als ich um Mitternacht endlich nach einer langen Fahrt vom Flughafen in Philadelphia in einem Nest namens Forty Fort ankam, war ich komplett erledigt. Der Long Distance-Flug, die durchwachte Nacht – ich hatte im Flieger vor Aufregung kein Auge zumachen können – saßen mir in den Knochen. In Deutschland war es jetzt sieben Uhr morgens. Mein bescheidenes Englisch erschwerte die Kommunikation. Nun war ich wirklich weit weg von zu Hause. Da stand ich also im Wohnzimmer der Arayas. Ich wurde mit einer funkelnden und glitzernden Willkommensparty begrüßt. Eine giftig-pinke-pissgelb-neongrüne Torte war ebenfalls zu meinen Ehren gekauft worden.

Meine Gastschwester Mari Noël war in Partystimmung und wollte ihr Lieblingsgesellschaftsspiel beginnen. Es hieß »Obnoxious«, und es ging darum, die anderen Mitspieler möglichst effizient zu ärgern. Es war eine amerikanisierte und deutlich krassere Form von Mensch-ärgere-Dich-nicht, die man auch »*Hate each other!*« nennen könnte. Ich war müde und gar nicht in Kampfesstimmung. Aber meine neue chilenisch-amerikanische Familie fand offensichtlich, dass meine Ankunft robust gefeiert werden müsste.

Mein Instinkt sagte mir, dass es besser wäre, einfach mitzumachen, und dass es klug wäre, Mari Noël gewinnen zu lassen. Einige Stunden und viele Marshmallows später stapfte sie bestens gelaunt in ihr leuchtend rotes Schlafgemach.

Ich bekam das Zimmer ihrer älteren Schwester Melissa, genannt Missy. Missy war vierundzwanzig und längst ausgezogen. Sie war Stewardess und in der ganzen Welt unterwegs. Missys Lieblingsfarbe war offensichtlich Pink. Ihr gesamtes Zimmer war in dieser Farbe gehalten, alles, Ton in Ton. Auf den Fotos sah sie wie ein milder, herzensguter Ton-in-Ton-Mensch aus, anders als ihre jüngere Schwester. Erst nach Wochen traute ich mich, meine Gasteltern zu fragen, ob ich in Missys rosa Reich vielleicht Poster aufhängen dürfte. Ich hatte schon als Zehnjährige statt Pferde- lieber Autoquartett gespielt und Fotos mit astronomischen Motiven an meine Wände gehängt. Zwei, drei schöne Motive von Saturn mit seinen Ringen schnitt ich in den USA aus Zeitschriften aus und hängte sie gegenüber vom Bett auf. Mari Noël fand das merkwürdig, *weird*.

Apropos Bett: In meinem Berliner Zimmer dominierte mein Schreibtisch, in diesem Zimmer stand ein riesiges, mit Rüschen verziertes Doppelbett. Wo Missy früher ihre Schulaufgaben erledigt hatte, war mir unklar. Immerhin hatte sie es geschafft, ein Highschool-Diplom zu erwerben.

Viel Zeit blieb mir nach meiner Ankunft nicht, mich in der neuen Umgebung zurechtzufinden. Ich war gerade mal zwei Tage in den USA, als Mari Noël verkündete, sie wolle noch an die Ostküste, Strandurlaub machen. Sie teilte dies ihren Eltern in Form einer Anordnung mit.

Dass ich, wie ich irgendwann kleinlaut zugab, lieber die Woche bis zum Schulbeginn in Forty Fort geblieben wäre, als an den Atlantik zu fahren, fand Mari Noël *weird*. Ihr schnelles selbstbewusstes Urteil ist mir noch heute im Ohr, ihre Welt teilte sich in *That's cool!* und *That's weird!*. Während in Berlin seltsames Verhalten – meine Eltern kamen aus dem Kunstbereich – durchaus Anerkennung genoss, war *That's weird!* eine klare Verurteilung.

Damals hielt ich es für selbstverständlich, dass ich mich fraglos den Wünschen meiner Gastfamilie anpasste. Schließlich war uns Jugendlichen seitens der Schüleraustauschorganisation immer wieder gesagt worden, wie wichtig es sei, dass wir uns auf die neuen Familien und ihre Sitten »einlassen« würden.

Mari Noëls Eltern hatten eine Austauschschülerin für ihre Tochter »bestellt«, weil sie der Meinung waren, dass es ihr guttäte, eine Kameradin im Haus zu haben, um die sie sich kümmern müsste, und dass sie so etwas wie Verantwortungsgefühl entwickeln würde.

»Sie dreht sich manchmal etwas zu sehr um sich selbst«, sagte Fernando, ihr Vater, zu mir. »Sie ist immer die Jüngste gewesen«, so Lorraine, ihre Mutter, zu mir.

»Sie bräuchte eine Schwester an ihrer Seite, die sie dazu motiviert, nicht nur vorm Telly Chips zu essen, sondern sich mehr zu bewegen«, sagte ihr Vater, der Arzt und der einzige halbwegs Schlanke in der Familie war.

»Sie bräuchte eine Schwester, die ihr abends mal sagt: Hey, hast du schon deine Hausaufgaben gemacht?«, so ihre Großmutter schon am ersten Abend, den ich als gejetlagte Verliererin mit »Obnoxious« verbrachte.

Ich hatte also viele therapeutischen Aufgaben zu stemmen in Forty Fort bei Wilkes Barre, Pennsylvania.

Natürlich wollte ich meinen Gasteltern gefallen und auch meine Eltern in Berlin nicht enttäuschen, die eine stattliche Summe an Geld, mehrere Tausend Mark, für meinen einjährigen USA-Aufenthalt hingeblättert hatten. Das Geld wuchs bei uns nicht auf den Bäumen.

Telefonate aus den USA nach Europa und umgekehrt waren damals teuer. So riefen meine Eltern nur einmal im Monat an. Ansonsten schrieben wir uns lange Briefe. Auch meine Berliner Freundinnen und ich wechselten dicke Briefe über »den großen Teich«. Meine Mutter schickte mir Fotos vom Kastanienmännchen-Bauen und Wollfilzen mit meinem Bruder, und ich sah sie im Geist mit ihm auf dem St.-Martins-Umzug mit einer selbst gebastelten Laterne. Bei meiner Mutter musste alles selbst gemacht sein. »Kreativ« war ein Zauberwort meiner Eltern, die einen antiautoritären Kinderladen mitbegründet hatten.

Hier in den USA liebte man es, wie ich bald feststellte, Dinge einfach zu kaufen. Für mich war dies eine ganz neue Erfahrung. Die Arayas hatten kein schlechtes Gewissen dabei, Geld für Überflüssiges auszugeben. Mari Noël beispielsweise machte Grußkarten nie selber, sie kaufte eine *greeting card*. Wie oft hatte ich zu Hause gesessen und Grußkarten gebastelt, hatte Osterhäschen gemalt, die wie alles Mögliche bei mir aussahen, nur nicht wie Osterhasen. Herbst und Winter war Bastelsaison: Jahr für Jahr hatten mein Bruder und ich Karten mit ausgeschnittenen Schafen, Kulleraugen und Watte beklebt, winterlich flauschige Schäfchen als Nikolaus- oder Weihnachtsgruß.

Als Mari Noëls Großmutter Geburtstag hatte, kaufte

Mari Noël einen gigantischen Blumenstrauß und eine schicke tomatenfarbene Schürze, denn die Oma kochte gern. Dass sie schon eine pinke besaß – vermutlich ein Geschenk von Missy –, spielte keine Rolle. Blumen und Schürze zusammen hätten für mich ein halbes Jahr Taschengeld bedeutet, aber Mari Noël wurde von ihrem Papa großzügig bedacht.

In den nächsten Wochen lernte ich Mari Noël besser kennen. Mari Noël hatte den bewundernswerten Mut von Menschen, denen noch nie Grenzen gesetzt worden waren. Sie konnte unverschämt gegenüber Lehrern sein, das hatte etwas Erfrischendes. Sie konnte aber auch unverschämt mir gegenüber sein: Seit kurzem hatte sie einen Job: Sie sollte morgens vor der Schule mit ihrem Auto – sie hatte bereits ein eigenes – Zeitungen vor die *porches* der Häuser in der Nachbarschaft legen. Dies war eine seltene Erziehungsmaßnahme ihrer Eltern, so wie die Idee, für sie eine Austauschschülerin anzuschaffen. »Sie muss endlich lernen, ein Verhältnis zu Geld zu entwickeln, sie wird Weihnachten achtzehn«, erklärte ihr Vater mir einmal abends. Wegen des Jobs sollte Mari Noël eine halbe Stunde früher aufstehen. Dazu hatte sie wenig Lust. Zu ihrem Leidwesen konnte sie ihren Job nicht ganz mir überantworten, denn ich durfte noch nicht Auto fahren und hätte erst mal den amerikanischen Führerschein (erlaubt ab 16) machen müssen. Mari Noël hatte vor allem keine Lust, bei Minustemperaturen immer wieder aus dem Auto zu steigen. Sie ließ also mich durch den bisweilen kniehohen Schnee zu den Häusern laufen und die Zeitungen ablegen oder abgeben. Ihren Lohn teilte sie natürlich nicht mit mir.

Die zweite Form, über mich zu herrschen, bestand für Mari Noël darin, dass sie bestimmte, welche Musik im Auto gespielt wurde. Damals war »Night Shift« von den Commodores gerade herausgekommen. Ich liebte den Song, und als Mari Noël dies merkte, drehte sie jedes Mal das Radio ab, sobald das Lied lief.

Musik bedeutet mir sehr viel. Doch in Forty Fort hatte ich keine Möglichkeit, Musik zu hören – außer bei Mari Noël im Auto oder in ihrem Zimmer, in das sie mich jedoch nur selten ließ. Sie besaß eine tolle große Stereoanlage, ich nicht. Missy hatte ihre Anlage beim Auszug wahrscheinlich mitgenommen.

Mari Noëls Lieblingsband war Van Halen. Der Leadsänger passte gut zu ihr, fand ich, ein lautes Großmaul, das viel herumturnte und nicht durch unnötige verbale Äußerungen jenseits von »Jump« auffiel. Die knappe Diktion von »Jump« war wie gemacht wie Mari Noël. Ich weiß nicht, wie oft ich diesen nervigen Song damals mit anhören musste. Versuchte ich im Auto, über Mitschüler oder Lehrer zu sprechen, hing die Reaktion von ihrer Laune ab. War sie schlecht gestimmt, konnte ihr unvergesslich gebliebener Vorwurf kommen: *»You analyze everything!«* Wir fuhren immer gemeinsam zur Schule hin und zurück. Wenn sie mal drei Minuten auf mich warten musste und nicht gerade mit den Zeitungen zu tun hatte, fuhr sie ohne mich und überließ mich dem äußerst spärlichen *public transport* im ländlichen Pennsylvania.

Auch zu Hause boten sich ihr viele Gelegenheiten, all die schlechten Eigenschaften, von denen ihre Eltern sich erhofft hatten, dass sie sie im Umgang mit mir ablegen würde, weiter auszubilden. Ich musste Mari Noëls einzige Aufgabe im Haushalt übernehmen, einen – ihren – kleinen Wintergarten zu pflegen. Bei jeder Gelegenheit ließ sie mich wissen, wie großzügig es von ihren Eltern sei, mich »aufgenommen« zu haben. Es klang, als wäre ich ein Waisenkind, dabei hatten meine Eltern viel gezahlt, um mir diesen Aufenthalt zu ermöglichen. Sie schaffte es, eine Atmosphäre zu kreieren, in der ich eine permanente Bringschuld hatte. Ihr Unmut über mich bekam bald neuen Nährboden: Ich verstand mich nämlich ganz gut mit ihrem Vater, der positive Vorurteile über Deutsche pflegte. Er hielt die Deutschen – und somit auch mich – für tiefsinnig, klug und gebildet und unterhielt sich gern mit mir. Er wollte alles Mögliche über das Leben in Deutschland wissen. Tatsächlich konnte ich, zumindest in Bezug auf kulturelle Dinge, einige seiner Fragen beantworten, die zu technischen Erfindungen und zum Ingenieurswesen allerdings nicht. Auch schien er meine zurückhaltende und undramatische Art nicht als *weird* zu empfinden. Kurz gesagt, Mari Noël war bald fürchterlich eifersüchtig auf mich. Sprach ihr Vater mit mir, meinte sie, ich müsste jetzt, in diesem Moment, Zeitungen für den nächsten Tag »vorsortieren« oder eine ihrer Pflanzen umtopfen. Immer die Worte von Frau Kramer, der deutschstämmigen Leiterin der Austauschorganisation im Ohr, bemühte ich mich, Ärger zu vermeiden und der amerikanischen Familie »zur Hand zu gehen«. Aber wie so viele Menschen mit narzisstischer Persönlichkeitsstörung – natürlich kannte ich diesen Begriff damals nicht – stimmte mein devotes Verhalten Mari Noël nicht milder, im Gegenteil. Ich sollte für sie einkaufen, lange in der Kälte auf sie warten, während sie noch auf einer Party endlos weiterquatschte; ich sollte für sie Unterrichtsmaterialien an der Schule abholen, wenn sie zu faul war, noch mal zurück in den vierten Stock zu laufen ... So ging es die ganze Zeit.

Ihre Eltern und ihre Großmutter waren eigentümlich blind für diese Vorgänge. Gelegentlich konnte Mari Noëls Vater einen distanzierten Blick auf sie werfen. Aber dann beschränkte er sich gern auf Äußerliches. »Sie ist erst siebzehn und schon fett«, sagte er einmal unbarmherzig.

Vielleicht trafen hier zwei Narzissten aufeinander. Fernandos Praxis befand sich in der Familien-Villa. Dass die oftmals jungen Sprechstundenhilfen den klugen, durchaus charmanten und in finanziellen Dingen großzügigen Arzt mit Privatflugzeug und Pool vergötterten, war offensichtlich. Und Fernando Araya erzählte selber gern davon. Je länger ich bei den Arayas wohnte, umso häufiger suchte er abends meine Nähe und berichtete mir von seinen Erfolgen, nicht nur als Arzt.

Lorraine, Mari Noëls Mutter neigte, wenig überraschend, zu Depressionen. Sie nahm oft Schlaf- und Beruhigungsmittel, schlich an ganzen Tagen in ihrem verwaschenen himmelblauen Morgenmantel durchs Haus. Abends für ihren Mann brezelte sie sich dann aber auf. Einer Arbeit schien sie nicht nachzugehen, und für die Hausarbeit gab es Angestellte. Ihr Hauptthema waren Diäten.

Je länger ich in Forty Fort war, desto mehr sehnte ich mich nach Weihnachten in Berlin, ich vermisste meine Eltern und sogar meinen »nervigen« Bruder. Ich dachte an meinen Vater, der an Heiligabend immer Mundharmonika spielte, an meine Mutter und ihre Bastelorgien an den Adventssonntagen. Mir dämmerte, dass Weihnachten in Forty Fort vermutlich eine riesige Mari-Noël-Party werden würde. Auf unseren gemeinsamen Autofahrten begann meine temporäre Schwester, mir zu beschreiben, wie ihre Geburtstagsparty aussehen würde. Als Zuhörerin war ich ihr ganz willkommen. Mari Noëls Lieblingswort war *fun*. Davon konnte es nie genug geben. Wie viele im Grunde todtraurige, empathiearme Menschen brauchte Mari Noël starke äußere Reize, Mega-Action, Ungewöhnliches, ständig wollte sie etwas erleben. Sie liebte besonders *car races*. Die Abenteuer, die mich interessierten, fand Mari Noël völlig *weird* und uninteressant. Bücher, Spaziergänge, Austausch mit anderen, lange Briefe – *so German!* Und anders als bei ihrem Vater war dieser Begriff für sie offenbar negativ besetzt.

Der Dezember schien in Windeseile vorüberzugehen. Es wurde immer kälter. Ich stapfte in meiner Schuluniform durch ein Meter hohen Schnee, mit Kniestrümpfen wohlgemerkt. Die katholische Schule, die ich wie Mari Noël besuchen musste (nur war ich ein »Junior« und sie ein »Senior«) erlaubte unter dem obligatorischen graublauen Karo-Faltenrock keine Strumpfhosen, diese wurden von den Nonnen, die unsere Lehrerinnen waren, als zu aufreizend angesehen.

Es schneite viel. An den Adventssonntagen hatte ich Sehnsucht nach Kerzenschein. Es wäre vielleicht nicht nötig gewesen, die Kerzen selber zu ziehen, was meine Mutter irgendwie für pädagogisch wertvoll hielt, aber man hätte ja auch welche kaufen können.

Die Arayas kauften keine Kerzen; sie hatten eine Discokugel im Wohnzimmer, die Mari Noël an den Adventssonntagen abends anwarf, wenn sie mit ihren Freundinnen Van Halen hörte und »Obnoxious« spielte. Zum Glück legte sie keinen Wert mehr darauf, dass ich mitspielte. An den kalten Winterabenden guckte die Familie aber auch gern gemütlich zusammen Horrormovies.

Dass ich Horrorfilme gar nicht mochte, bescherte mir sogar, kein Quatsch, einen Besuch bei einem Psychologen. Mari Noël hatte ihre Eltern überredet, mich dorthin zu bringen, weil sie meinte, meine starke Abneigung gegen Horrorfilme sei *soo weird*. Ich bin tatsächlich von ihrem Vater, der es als Arzt hätte besser wissen können, zu einem Psychologen gekarrt worden, der ein »Desensibilisierungstraining« mit mir starten wollte, an dessen Ende das erstrebenswerte Ziel, der Ausweis seelischer Gesundheit schlechthin, stehen sollte: das Anschauen von einer Szene in *The Shining*, in der ein Mann dem anderen den Kopf spaltet – ohne wegzugucken und ohne Anzeichen von Angst. Der Psychologe war ein freundlicher kleiner Durchschnittssadist, mit dem ich gar nicht schlecht auskam, aber zu meinem Desensibilisierungstraining sollte es nicht mehr kommen.

In den Tagen vor Weihnachten war großes *shopping* angesagt. Mutter und Großmutter bereiteten Mari Noëls Fest vor, und auch mir wurden Aufgaben zugeteilt. Überall in der Wohnung wurden kleine schwarze Totenkopf-Lampions aufgehängt. Aus den Augenhöhlen leuchtete es flammend rot.

Ich schickte ein großes Paket an meine Familie nach Berlin und kleine Päckchen an Freundinnen. Von Adventssonntag zu Adventssonntag war ich immer wehmütiger geworden.

Der 24. Dezember 1984 war ein besonders kalter Tag. Vormittags hatte ich noch Geschenke für meine Gastfamilie gekauft. Ich war gerade zurückgekehrt und versuchte, in der Diele mit steifen Fingern aus meinen unmöglichen *duck shoes* – einer Art amerikanischer Gummistiefel: gelb und vorne ganz breit, wie ein Entenschnabel, innen knallrot gefüttert – herauszukommen. Da stand der amerikanische Dad neben mir, half mir aus den Schuhen, fragte, ob ich mich nicht »aufwärmen« möchte. Ich nickte freundlich, ging in die Küche, um mir einen Tee aufzusetzen. Mit dem Tee ging ich die knarzende Treppe ins Obergeschoss hinauf, wollte in mein Planeten-Reich. Die Tür zum elterlichen Schlafzimmer stand offen. »Hi, Tanja!«, rief der Dad von innen und wedelte mir mit einem TV-Magazin zu. »*Come in and warm a bit up.*« Ich blickte auf das Ehebett. Ich blieb unschlüssig auf der Schwelle stehen. Mari Noël lag auch manchmal bei ihm im Riesenbett, sie sahen dann gemeinsam fern, alberten und knuddelten. Ihr Vater nannte sie bei diesen Gelegenheiten »*little pig*« und zwickte ihr in die gewaltigen Schenkel. »*Tanja, you look really freezin', just come in and lay down, there's a million blankets an' pillows here, just get comfortable …*« Pistazien knackten zwischen Fernandos Zähnen. »Okay«, sagte ich schließlich, um nicht unhöflich zu sein und weil ich der spontanen amerikanischen Freundlichkeit nicht mit der »typischen deutschen Kühle« begegnen wollte. Eine Schönheit auf dem Bildschirm biss herzhaft in irgendeine Südfrucht, ich verstand nichts von dem, was sie sagte, es war der spanische Channel. Ich drehte mich auf die andere Seite, zog mir die Decke bis ans Kinn, dann klappte ich ein

Buch auf, das auf dem Nachttisch lag: über den Vietnamkrieg, so etwas las Fernando manchmal. Politisches, vor allem Militärisches interessierte ihn. Er wählte die Republikaner und stand Schwarzen Mitmenschen sehr ablehnend gegenüber. Als Erfolgsmensch hielt er Armut meist für selbst verschuldet und verhalf mir nolens volens zu einer differenzierten Sicht auf südamerikanische Einwanderer in den USA.

Fernandos Hände fingerten an der Fernbedienung. Dann knarzte die Matratze, mein Gastvater hatte sich umgedreht, zu mir. Ich sah nicht auf von meinem Buch. Im selben Moment hörte ich Schritte auf dem Flur. An ihrer trägen, schlurfenden Abfolge erkannte ich Lorraine. Ich sah, wie die Türklinke langsam heruntergedrückt wurde. Lorraine blickte zuerst ihren Mann an, dann mich. Sie trug wieder ihren himmelfarbenen Morgenmantel. Ich bemerkte eine kleine Schachtel in ihrer Hand. Sie schob ihren aufgedunsenen Kopf nach vorn: »*What are y-o-u doing in here?*«, fragte sie mich. Ihren Mann beachtete sie nicht weiter.

»Ich lese und wärme mich etwas auf.« Ich klappte das Buch zu und befreite mich aus dem Deckenberg. Lorraine beobachtete jede einzelne meiner Bewegungen. Groß, aufrecht, mit einer Entschlossenheit, die ich in all den Monaten nie an ihr gesehen hatte, fixierte sie mich.

»Du verdammte Göre. Mach, dass du fortkommst. Du bleibst keine Nacht länger in unserem Haus.«

»Lorrainie-Baby, es ist Weihnachten. Lass uns nicht streiten …«, mischte Fernando sich ein.

Plötzlich stand Mari Noël neben ihrer Mutter. Sie

starrte mich voller Wut an, marschierte ins Zimmer und warf sich laut aufheulend zum Vater auf das große Bett.

Ich hastete in den Flur, schloss mich in meinem Zimmer ein, legte mich auf das pinke Bett. Saturnringe. Eine halbe Stunde verging, ohne dass ich von den Gasteltern noch irgendetwas gehört hatte. Ferne Supernovae-Explosionen. Es war halb fünf abends, Heiligabend; in Deutschland war es halb elf nachts, meine Eltern, meine Großeltern und mein Bruder aßen jetzt wohl die letzten Marzipankugeln und Zimtsterne nach der Bescherung, dann würden sie wohlig schlummern.

Irgendwann musste ich auf Toilette. Vor meiner Tür fand ich einen Zettel. Lorraine teilte mir in ihrer wackeligen Handschrift mit, dass Frau Kramer mich am Nachmittag um 5 Uhr abholen würde, bis dahin sollte ich meine Sachen gepackt haben. Frau Kramer wird sich gefreut haben, Heiligabend so einen Anruf bekommen zu haben ... Sollte ich fortan bei ihr und ihrer Familie wohnen? Oder würde sie eine neue Gastfamilie für mich suchen? Hier oder in einem anderen Staat? Delaware oder Hawaii? Während ich einer unbekannten Zukunft entgegensah, warf ich meine Kleidung in den Koffer und schlüpfte unten wieder in die *duck shoes*.

Ich weiß bis heute nicht, ob der Vater irgendwelche verwerflichen Absichten hatte oder einfach nur freundlich sein wollte. Ich denke nur, dass Mari Noël mich loswerden wollte. Ihren Zeitungsjob hatte sie im Übrigen drei Tage vor Weihnachten geschmissen. Ich sei ihr zu langsam, hatte sie gesagt. Sie habe immer so lange im Auto warten müssen, bis ich von den *porches* zurück war.

Niemand verabschiedete sich von mir. Ich hörte, wie

Fernando und Lorraine sich laut stritten, während ich vor dem Haus in der Kälte und im Dunkeln auf Frau Kramer wartete, neben mir das Privatflugzeug, das wie ein extraterrestrisches Rieseninsekt wirkte.

Endlich kämpften sich Scheinwerfer durch tanzende Schneeflocken. Frau Kramer begrüßte mich kurz, ging ins Haus der Arayas, war nach fünf Minuten zurück. Ich hatte Angst, dass sie verärgert sein würde, aber sie war sehr freundlich. Vielleicht hatte sie, auch wenn ich bei unseren gemeinsamen Ausflügen nie Negatives über meine Gastfamilie gesagt hatte, in den wenigen Minuten vor Ort einen ausreichenden Eindruck erhalten.

Ich würde also nun mit den Kramers, die ich kaum kannte, den Heiligabend verbringen. Ihren zwölfjährigen Sohn hatte ich ein-, zweimal gesehen, ein Riesen-Michael-Jackson-Fan. Lieber »Billie Jean« als »Jump« zu Weihnachten .... Doch es kam noch überraschender.

In ihrem Haus erklärte mir Frau Kramer, dass ich Weihnachten leider nicht mit ihr und ihrer Familie feiern könne, da sie ins Altenheim zu ihrer Mutter fahren würden. Aber ich könne Heiligabend wahrscheinlich bei ihren Nachbarn verbringen. Sie habe schon mit ihnen gesprochen. Allerdings würden die gern wissen, ob ich katholisch sei? Das war ich damals noch. Die Nachbarn wurden wieder angerufen. Und dann war die weltumspannende katholische Gemeinschaft willens, mich aufzunehmen. Was hätten die Nachbarn und die Kramers wohl gemacht, wenn ich nicht katholisch gewesen wäre?

Um sieben abends verließ Frau Kramer mit Mann und Sohn das Haus. Ich klingelte bei Mrs und Mr Polky. Die

Tür öffnete sich, und ein rundliches Paar mit einer munteren, kleinen Tochter begrüßte mich herzlich. »Wir haben schon auf dich gewartet.«

Ein großer Hund, den sie Silver nannten, sprang freudig an mir hoch. Ich erschrak etwas, aber dann trat ich ein: klassische Musik, überall Kerzen, und viel Selbstgebasteltes: Kastanienmännchen, Filzfiguren, Wolltiere mit Knöpfen als Augen. Das Mädchen hatte sogar ein Bild für mich angefertigt mit einem großen Schaf, das sie mit Watte – allerdings schwarzer – beklebt hatte. Ich streichelte die weiche Watte und dachte plötzlich, ach, es hätte alles viel schlimmer kommen können in den USA. Und: Zum Glück muss ich jetzt nicht auf Mari Noëls blödes Grusel-Fest.

Die Polkys hatten sogar noch ein Geschenk für mich aufgetrieben, ein hübsches Notizbuch. Und so verbrachte ich Heiligabend 1984 nett mit einer Familie, die ich danach (zumindest bisher) nie wiedergesehen habe.

Woran denken Sie, wenn man Ihnen sagt, dass Sie nicht an einen roten Elefanten denken sollen? Richtig, an ein wuscheliges schwarzes Schaf.

## JAMES KRÜSS
## *Wüstenweihnachten*

Es war am Rande der Sahara am 24. Dezember. Ich wohnte bei einer spanischen Familie, die einen kleinen Mittagstisch für Senegalesen, Spanier und Franzosen betrieb. Der Tag war heiß gewesen; aber am Abend wurde es, wie üblich, kühl, und ein Wind kam auf. Die Mauren, die vor den Nachbarhäusern im Sand saßen, hatten ihre baumwollenen blauen Haiks mit den weißen aus Schafwolle vertauscht. Der lange kahle Nubier – ebenfalls im wehenden weißen Haik – holte am Strick geduldig Eimer um Eimer aus der Tiefe des Wasserlochs herauf und füllte die tönernen Krüge, die ihm die maurischen Kinder hinhielten.

In Europa, dachte ich, wo jetzt die Tage kurz und die Nächte lang sind und wo man in geheizten Häusern wohnt, feiern sie heute Weihnachten. Das ist ein schönes Fest für kalte Länder mit langen Nächten. Hier, wo das Licht über dem Sand in der Hitze flimmert und wo es abends den Horizont rosa und lila färbt, hier, wo es keinen Winter gibt, braucht man kein Weihnachtsfest. Auch die Spanier, dachte ich, werden das Fest nicht feiern, da ja ihr Gabentag das Fest der Heiligen Drei Könige ist. Und die beiden senegalesischen Kellner, überlegte ich weiter, sind keine Christen. Also werden auch sie den Geburtstag des Christkinds nicht feiern. Das war mir recht; denn lichterbesteckte Tannenbäume passen sowenig in die Wüste wie ein Kamel in den Bayerischen Wald.

Aber dann, als ich im kühlen Haus mit dem Fliesenmacher Armando Domino spielte, fiel mir ein Flüstern und ein Kichern hinter vorgehaltenen Händen auf, teils in der Tür zur Küche, teils hinter der Theke. Auch sah ich, wie der Sohn des Hauses einen Plattenspieler brachte. Um Himmels willen, dachte ich, man wird doch nicht meinetwegen mitten in der Wüste dieses Lied von der stillen und heiligen Nacht spielen, das mir immer wie dicker Sirup die Gedanken verklebt? Aber das Tuscheln ließ nicht nach; geheimnisvolle Päckchen wurden in die Küche getragen, und dann erschien Brahim, der maurische Elektriker, mit einem Karton voller bunter Glühlämpchen.

Mir wurde immer mulmiger zumute. Ich brach das Dominospiel mit Armando einfach ab und sagte, ich müsse rasch nach Mauretanien hinüberfahren, um noch etwas zu besorgen.

Tatsächlich fuhr ich mit dem alten Antonio, der wohl schon seine sechs oder sieben Glas weißen Rums getrunken hatte, über die Grenze.

»Was wollen Sie in Mauretanien, Señor?« fragte Antonio unterwegs mit schwerer Zunge.

»Geschenke kaufen, Antonio. Anscheinend will man Weihnachten feiern.«

»Geschenke, Señor? Zu Weihnachten? Was ist das für eine neue Sitte?«

»Eine Sitte aus Nordeuropa, Antonio. Man feiert an diesem Tag auch das wiederkehrende Licht.«

»Dann ist es wohl ein Fest der Heiden?«

»So halb und halb, Antonio.«

»Die Welt wird immer verrückter«, brummte der Alte.

Dann schwieg er, bis wir zum Supermarkt in Port Etienne kamen, vor dem die senegalesischen Händler in ihren langen Gewändern wie üblich Holzplastiken von der Elfenbeinküste anboten.

»Ich bin drüben in der Bar, Señor«, sagte Antonio, als ich ausgestiegen war.

»Ist gut, Antonio.«

Bevor ich den übersauberen Supermarkt betrat, der sich so sehr von dem fliegenwimmelnden offenen Markt im anderen Teil des Ortes unterscheidet, suchte ich mit den Augen den lustigen Jean aus Dakar, mit dem ich seit Tagen um eine Holzplastik feilschte. Jean war da, lachend wie immer. Die Zähne im dunklen Gesicht waren wie eine Kokosnußscheibe. Aber die Plastik war weg.

»Wo ist meine Holzplastik, Jean?«

Er grinste so breit, daß die Augen gleich über der Oberlippe zu stehen schienen: »Verkauft, Monsieur.«

Das war ein Schlag: Ich hatte die Plastik schon für mein Eigentum gehalten. Die Stelle im Haus, an der sie stehen sollte, hatte ich schon ausgesucht. Es war eine Frau auf einem Schemel gewesen, die aus kräftigen Brüsten ihr Kind säugt, eine Art afrikanischer Maria mit Kind. Auf dem Kopf hatte sie ein Gefäß getragen; und auf dem Deckel des Gefäßes hatte ein Affe gehockt, der eine Banane knabberte. Nun war die Plastik weg.

Ich war so traurig und zornig, daß ich die Geschenke nur mit halber Aufmerksamkeit kaufte: eine Dose Gänseleberpastete, eine schwarze Gummipuppe mit Schleife, französische Bonbons, Schweizer Schokolade, ein Kamel aus Kupfer, das ein Feuerzeug war, Zigarren, Zigaretten, Wein und eine teure Flasche Champagner.

Als ich vollbeladen wieder ins Auto stieg, holte Jean unaufgefordert den alten Antonio aus der Bar und wünschte mir, fröhlich grinsend, auf französisch gute Weihnachten. Ich knurrte nur: »Merci.« Dann fuhr ich verstimmt zurück zu der kleinen Häuserzeile mitten im Sand, vor der der lange Nubier noch immer oder schon wieder Wasser aus dem Boden holte.

Als ich Antonio statt des üblichen Trinkgeldes ein Kästchen Zigarren gab, sagte er: »Diese Heidenfeste aus dem Norden scheinen auch ihr Gutes zu haben. Fröhliche Weihnachten, Señor.«

»Fröhliche Weihnachten, Antonio.«

Gegen Mitternacht versuchte man dann tatsächlich, eigens für mich ein bißchen Weihnachten zu spielen. Ein kleiner künstlicher Tannenbaum mit bunten Glühlämpchen war da. Man hatte ein Huhn geschlachtet und gebraten. Ich mußte die anscheinend unvermeidliche stille und heilige Nacht über mich ergehen lassen. Und dann beschenkte man sich gegenseitig. Man hatte den Gabentag einfach vorverlegt. Jeder bekam sein Teil, auch von mir. Ich selbst aber wurde immer wieder mit freundlichem Grinsen umgangen, bis schließlich die Gaben vergeben waren außer einem unförmigen Paket, das auf der Bartheke lag.

»Das ist für dich, von uns allen zusammen«, sagte der jüngste Sohn des Hauses zu mir. »Dreh dich um. Ich pack' es für dich aus.«

Ich stand also auf, drehte mich brav um und konnte kein Wort mehr verstehen, weil das Papier, das der Kleine einfach zerriß, so knisternd lärmte. Ich muß wohl auch überhört haben, daß man mich anrief; denn Muhammed, der Nachbar, der in der Tür stand, machte mir plötzlich ein Zeichen, das zu bedeuten schien: »Umdrehen, Señor.«

Ich drehte mich also wieder um, und nun wußte ich, warum alle mich so merkwürdig wohlwollend angegrinst hatten, erst Jean in Port Etienne und dann die Leute in der kleinen Wüstenkneipe: Auf der Theke stand die Holzplastik von der Elfenbeinküste. Da saß auf ihrem Schemelchen die ebenholzschwarze Mutter, auf ihren Knien das Kind, auf den aufgetürmten Haaren das Gefäß, das rings mit Tieren beschnitzt war, und auf dem Deckel des Gefäßes der hockende Affe, der eine Banane knabberte.

Das wurde eine laute und gar nicht heilige wunderschöne Nacht.

# QUELLENNACHWEISE

Claire Beyer
Die Kutsche, S. 88
Originalbeitrag © Claire Beyer. Abdruck mit freundlicher Genehmigung der Autorin

Walter Benjamin
Ein Weihnachtsengel, S. 15
Aus: Walter Benjamin, Berliner Kindheit um neunzehnhundert. © Suhrkamp Verlag Frankfurt am Main 1987

Truman Capote
Weihnachten mit Vater, S. 103
Aus: Truman Capote, Baum der Nacht. Erzählungen. Aus dem Amerikanischen von Ursula-Maria Mössner. Copyright © 2007/2014 by KEIN & ABER AG Zürich – Berlin

Renatus Deckert
Maria ohne Unterleib, S. 73
Originalbeitrag. © Renatus Deckert. Abdruck mit freundlicher Genehmigung des Autors

Ulrike Draesner
Das doppelte Weihnachten, S. 78
Originalbeitrag © Ulrike Draesner. Abdruck mit freundlicher Genehmigung der Autorin

Tanja Dückers
Mari Noël, S. 136
Originalbeitrag © Tanja Dückers. Abdruck mit freundlicher Genehmigung der Autorin

Axel Hacke
Zeit der Rituale, S. 50
Aus: Axel Hacke, Alle Jahre schon wieder. Ein Weihnachtsbuch. © Verlag Antje Kunstmann München 2009

Elke Heidenreich
Weihnachten, S. 31
Aus: Elke Heidenreich, Alles kein Zufall. Kleine Geschichten. © 2016 Carl Hanser Verlag GmbH & Co. KG, München. Abdruck mit freundlicher Genehmigung

Ernest Hemingway
Weihnachten in Norditalien, S. 133
In der Übersetzung von Werner Schmitz. Aus: Ernest Hemingway, Reportagen 1920-1924. Herausgegeben von William White. © 1990, Rowohlt Verlag GmbH, Hamburg

Hermann Hesse
Schaufenster vor Weihnachten, S. 21
Aus: Hermann Hesse, In Weihnachtszeiten. Herausgegeben von Volker Michels. Insel Verlag Frankfurt am Main und Leipzig 2001. © Suhrkamp Verlag Frankfurt am Main 2001

Erich Kästner
Sechsundvierzig Heiligabende, S. 124.
Aus: Erich Kästner, Der tägliche Kram. © Atrium Verlag, Zürich 1948 und Thomas Kästner

Siegfried Kracauer
Weihnachtlicher Budenzauber, S. 17
Aus: Siegfried Kracauer, Straßen in Berlin und anderswo. © Suhrkamp Verlag Frankfurt am Main 1964

James Krüss
Wüstenweihnachten, S. 159
Aus: James Krüss, Das Buch der sieben Sachen zum Staunen und Lachen. Betz Verlag, München 1973. © Atrium Verlag AG, Zürich 2022

Hanns-Josef Ortheil
Warten aufs Christkind, S. 35
Aus: So eine Bescherung! Ein literarischer Gabentisch. Herausgegeben von Brigitta Rambeck. Deutscher Taschenbuch Verlag, München 2004. © Hanns-Josef Ortheil. Abdruck mit freundlicher Genehmigung des Autors

Alfred Polgar
Vor Weihnachten, S. 11
Aus: Alfred Polgar, Kleine Schriften. Band 2: Kreislauf. © 1983, Rowohlt Verlag GmbH, Hamburg

Volker Reiche
Das originale Werk, S. 119
Aus: Mein Weihnachtsbild. Herausgegeben von Gesine Dammel. Insel Verlag Berlin 2015.
© Volker Reiche. Abdruck mit freundlicher Genehmigung des Autors

Jutta Richter
O du fröhliche!, S. 98
Aus: Mein Weihnachtsbild. Herausgegeben von Gesine Dammel. Insel Verlag Berlin 2015.
© Jutta Richter. Abdruck mit freundlicher Genehmigung der Autorin

Wilhelm Schmid
Zauber dieser Zeit, S. 9
Aus: Wilhelm Schmid, Die Kunst der Balance. 100 Facetten der Lebenskunst. © Insel Verlag Frankfurt am Main und Leipzig 2005

Lisa St Aubin de Terán
Venezianischer Advent, S. 136
Aus: Lisa St Aubin de Terán, Venedig. Die vier Jahreszeiten. Aus dem Englischen von Ebba D. Drolshagen. © Insel Verlag Frankfurt am Main und Leipzig 1996

Uwe Tellkamp
Wer hat den schönsten Weihnachtsbaum?, S. 54
Aus: Uwe Tellkamp, Der Turm. Geschichte aus einem versunkenen Land. Roman. © Suhrkamp Verlag Frankfurt am Main 2008

David Henry Wilson
Warten auf Weihnachten, S. 41
Aus: David Henry Wilson, Jeremy James oder wenn Schweine Flügel hätten. Übersetzt von Helmut Winter. © 1979 by David Henry Wilson.
First published under the title GETTING RICH WITH JEREMY JAMES by Chatto & Windus

Franziska Wolffheim
Wunderkerzen, S. 65
Aus: Ein unvergessliches Weihnachtsfest. Herausgegeben von Gesine Dammel. Insel Verlag Berlin 2016 © Franziska Wolffheim. Abdruck mit freundlicher Genehmigung der Autorin

**»Ach, wie schön war das damals ...«**

Weiße Weihnachten mit fröhlichen Rodelpartien, ein bunt geschmückter Weihnachtsbaum voller Süßigkeiten und Lametta, das Haus erfüllt vom Duft nach warmen Plätzchen und nach Tannennadeln – und knisternde Spannung, während wir auf das Christkind warteten ...
Alle Jahre wieder werden an den Weihnachtstagen auch Erinnerungen an frühere Feste wach und wie schön es damals war. Davon erzählen auch die Autorinnen und Autoren dieses Bandes: Joachim Ringelnatz, Marie Luise Kaschnitz, Walter Benjamin, Joseph Roth, Hanns-Josef Ortheil u. v. a.

**Weihnachten, so schön, wie es früher einmal war.** Die schönsten Geschichten. Ausgewählt von Gesine Dammel. insel taschenbuch 4667. 157 Seiten.

NF 414/1/10.18

NF 210/1/07.14

NF 337/1/7.16